KB109823

바람 앞에 서다

바람 앞에 서다

발행일	2018년 5월 18일		
지은이	김 봉 웅		
펴낸이	손 형 국		
펴낸곳	(주)북랩		
편집인	선일영	편집	권혁신, 오경진, 최예은, 최승헌, 김경무
디자인	이현수, 허지혜, 김민하, 한수희, 김윤주	제작	박기성, 황동현, 구성우, 정성배
마케팅	김회란, 박진관		

출판등록 2004. 12. 1(제2012-000051호)
주소 서울시 금천구 가산디지털 1로 168, 우림라이온스밸리 B동 B113, 114호
홈페이지 www.book.co.kr
전화번호 (02)2026-5777   팩스   (02)2026-5747

ISBN   979-11-6299-124-4 03810(종이책)   979-11-6299-125-1 05810(전자책)

이 도서의 국립중앙도서관 출판예정도서목록(CIP)은 서지정보유통지원시스템 홈페이지(http://seoji.nl.go.kr)와
국가자료공동목록시스템(http://www.nl.go.kr/kolisnet)에서 이용하실 수 있습니다.
(CIP제어번호 : CIP2018014061)

삶의 세찬 바람 속에서
시련을 겪는 우리 모두에게
전하는 말

김봉웅 에세이

바람 앞에 서다

세찬 바람은 시련과 고통을 안겨다 주지만
나는 바람에 굴복하지 않았다
돌이켜보면 그 바람들이 나의 삶을 만들었다

어쩌면 나 자신이 바람이었는지도 모른다

북랩 book Lab

나의 삶은 시골의 황량한 벌판에서 시작되었다. 그 벌판에는 언제나 나의 몸을 흔들어대는 바람이 있었다. 어릴 적 소를 몰던 울진 북면의 가파른 산등성이, 중국에서 사업을 펼치던 그 황량한 만주벌판의 바람은 춥고 매서웠다. 세찬 바람은 시련과 고통을 안겨다 주지만 나는 바람에 굴복하지 않았다. 바람은 나를 호흡하게 하는 생명의 원천이자 나를 높은 곳으로 비상하게 만드는 양력의 원천이었다. 돌이켜보면 그 바람들이 나의 삶을 만들었고 어쩌면 나 자신이 바람이었는지도 모른다.

바람은 쉬지 않고, 정착하지도 않으며, 어딘가를 꿈꾸며 계속 이동한다. 새로운 곳을 동경하며 새로운 모험을 꿈꾸고 새로운 도전을 한다는 것은 필시 실패와 좌절을 동반하게 마련이다. 사람들은 실패를 두려워하면서 보다 안정적인 무언가를 추구한다. 하지만 나는 단 한 번도 안정을 추구한 적이 없었다. 어느 정도 성공의 위치에 도달하면 그곳에 안주하지 않고 때가 되면 짐을 꾸려 다른 곳으로 이동하는 초원의 몽골족처럼 나는 또 다른 곳으로 떠났고 그곳에서 새로운 실패와 좌절을 겪었다. 그러나 실패는 더 큰 바람이 되고, 더 큰 양력이 되어 나를 다시 하늘 높이 밀어 올렸다. 추락을 두려워하지 않았다. 고통과 시련은 나를 또 다른 모험의 세계로 안내하는 초대장이었다.

세상은 늘 변하고 움직인다. 잠시도 쉬지 않고 자전과 공전을 하는 지구에서의 삶이란 움직이고 변하는 자연환경에 맞춰 유한한 삶을 최대한 확장해 나가는 것이다. 아무리 부유하고 권력이 많고 건강해도 세상의 변화 앞에 맞설 수 있는 사람은 없다. 지구가 돌고 대류가 움직이면서 쉼 없이 변하는 자연환경은 지구 구석구석에 수도 없이 많은 바람을 만들어 낸다. 사람의 삶에도 자연에서처럼 세찬 바람이 몰아친다. 그 바람이 한 사람 한 사람에게 변화를 만들고 삶을 만들며 그것이 모여 역사를 만든다.

인간의 삶은 계속 변한다. 이전에는 대학을 졸업하고 사회에 나가서 25년 정도 일을 하고 은퇴하는 것이 거의 정례화된 삶이었지만 지금은 대학을 졸업하고도 50년 가까이 사회생활과 경제활동을 해야 하는 시대가 되었다. 또한, 날이 갈수록 빨라지는 첨단과학의 발달로 인해 경제와 고용의 환경이 급속도로 변화하면서 이전의 사고방식에 의존하는 안정적인 형태의 삶이 앞으로는 더 이상 보장되지 않고 이제까지와는 다른 전혀 새로운, 모험적인 삶을 살아야 한다. 개개인의 삶에 불어 닥치는 변화의 바람은 갈수록 거세지고 그 바람을 감내해야 하는 시간도 점점 길어질 것이다. 그 바람을 피할 수 없다면 즐겨야 한다. 모퉁이를 돌면 어떤 세상이 우리를 기다리고 있을지 아무도 모르는 일이다. 이 세상의 삶 자체가 여행이라면 모든 순간을 도전과 모험의 짜릿한 기회로 삼아야 한다.

오늘 나는 또다시 새로운 바람 앞에 섰다. 지난 25년의 중국 생활을 뒤로하고 한국에서 다시 새로운 모험을 나섰다. 앞으로 어떤 바람이 몰아치고 어떤 실패와 좌절이 있을지 모른다. 하지만 이제껏 그래왔듯이 나는 오늘도 바람 앞에 당당히 설 것이고, 여전히 새로운 모험을 꿈꿀 것이다.

차례

시작하는 글 **5**

01. 인생은 방향이다 **11**

·

02. 현지인과 함께 춤을 **19**

·

03. 큰일엔 큰 장애물이 있다 **29**

·

04. 취미로 자연스럽게 인맥을 만들자 **43**

·

05. 동서그룹에서 배우다 **53**

·

06. 도전하는 자에게 기회가 온다 **63**

·

07. 용감한 신세계 **85**

08. 내가 생각하는 중국과 중국인 93

·

09. 중국 공무원에게 배울 점 113

·

10. 중국인과 비즈니스 상담을 할 때 유의할 점 127

·

11. 알아 두면 쓸데 있는 중국 문화 143

·

12. 한국인은 중국에서 왜 마지막에 망하는가 169

·

13. 사람에 투자하라 183

·

14. 최고의 순간은 아직 오지 않았다 191

1
인생은 방향이다

인생은 속도보다는 방향이라는 말이 있다. 대한민국은 지난 반세기 동안 지독한 가난에서 벗어나 번영을 일구기 위해 남들보다 열심히 일하였다. 그 과정에서 우리 사회 전반에는 '빨리빨리'의 속도 문화와 성과주의가 자리를 잡았다. 우리는 늘 바쁘고 서두르고 어디론가 정신없이 움직인다. 정작 자신이 어디에서 어디로 가는지 모르는 채 그저 남들처럼 남에게 뒤처지지 않으려고 바쁘게 움직이는 데 많은 인생을 허비한다.

인생은 길고 긴 여행이다. 길고 긴 여행길에는 목적지와 거기까지 도착할 수 있도록 인도하는 안내지도가 필요하다. 급한 마음에 서둘러 가다가 방향이 잘못되어 다시 돌아가거나 목적지를 잃고 헤맨다면 그 여행은 망친 여행이 될 것이고 재정비를 해서 다시 출발한다 하더라도 목적지에는 상당히 늦게 도착할 수밖에 없을 것이다.

나는 시골에서 태어나서 그 시대 아이들이 그랬던 것처럼 특별한 꿈이나 진로에 대해 고민을 하지 않고 학교생활보다는 방과후에 동네 친구들과 쏘다니는 것을 좋아하는 평범한 학창시절을 보냈다. 그러다가 대학을 졸업하면서 내가 어디로 가야만 하는지 마음속에서 방향을 잡았다. 내 인생의 방향은 당시까지만 하더라도 죽의 장막으로 가려진 신비한 신세계 중국이었다.

당시 인생의 방향을 중국으로 정한 것이 내 인생의 결정적인 포인트가 되었다. 나는 지금도 젊은이들은 대학을 졸업하기 전까지는 앞으로 자신이 어떤 방향으로 인생길을 걸어야 하는지에 대해 확고한 판단을 할 필요가 있다고 생각한다. 자신이 가고자 하는 방향을 정확히 설정하였다면 조금 느리게 가더라도 시간과 정력을 쓸데없는 곳에 낭비하지 않고 자신의 목적지에 원하는 시점에 정확하게 도달할 수 있을 것이다.

내가 태어나고 자란 곳은 원자력발전소가 자리를 잡은 울진이다. 그곳은 깊고 푸른 동해와 높고 장엄한 태백산맥 줄기 사이에 사람이 살 수 있는 한 뼘만큼의 공간을 자연이 허락한 곳이다. 작은 동네 뒤편으로는 지금은 유명해진 덕구온천이 있고 바다로 나가면 아름다운 해안이 그림 속의 풍경처럼 펼쳐져 있다. 그때는 대부분 사람들이 산과 바다 사이의 좁은 공간에서 논과 밭을 일구면서 억척스럽게 삶을 이어가고 있었다.

어렸을 적부터 소를 먹이는 것이 나의 일상이었다. 나의 아버지는 농사 이외에 목수일을 하셨기 때문에 당시에는 마을의 다른 집안보다는 비교적 넉넉하게 살았다. 초등학교 입학하기 전부터 초등학교를 졸업할 때까지 나의 어린 시절은 어떤 특별한 고민도 없었고 비장한 꿈도 없었고 그저 하루하루가 즐거웠다. 학교 수업을 마치면 동네 친구들과 함께 모여 소 먹이러 나섰다. 당시엔 누구나 할 것 없이 동네 조무래기들이 모두 모여서 함께 소를 먹이러 다니는 것이 당연한 일상이었다. 지척에 바다가 있었음에도 초등학교 시절 내내 논에 모를 심거나 산과 들판으로 소를 끌고 다니며 친구들과 어울려 놀던 기억들만 가득하다.

울진의 산은 험하다. 백두산에서 시작하여 금강산과 설악산을 거쳐 내려오는 태백산맥 줄기는 바다와 거의 일직선으로 늘어서 있고 어떤 산들은 중간에 방향을 바다로 뻗어나가서 남과 북을 막아서는 바람에 울진은 동서남북 사방이 바다와 산으로 막혀 있는 형국이다. 길이라고는 바다를 따라 남과 북으로 구불구불하게 이어진 7번 국도와 동서로 태백산맥을 가파르게 넘어가는 고갯길이 전부인 곳이라서 예로부터 교통이 매우 불편한 오지 중의 오지였다. 그런 입지조건 때문에 나중에는 원자력 발전소가 들어섰고 그 덕분에 교통편이 개선될 수 있었다.

소를 몰고 가파른 산등성이에 오르면 망망대해의 동해가 보였다. 산 곳곳에는 기품 있는 금강송이 고고한 자태를 뽐내며 군락을 이루었다. 소가 풀을 뜯을 때면 나는 잠시 낮은 바위에 걸터앉아 구름과 바다를 둘러보곤 했다. 계곡 밑에서 산언덕을 타고 세찬 바람이 불어온다. 크고 작은 풀들이 일제히 바람 앞에 몸을 숙인다. 바람 소리에 맞춰 풀과 수목은 저들만의 소리로 화답을 한다. 형체 없는 바람이 풀을 다스리고 수목을 다스리고 산을 다스린다. 그때마다 나는 바람 앞에 서서 그 바람을 안고 연처럼 떠올라 날고 싶다는 생각이 들곤 했다. 산등성이 너머로 바다, 아니 그 바다마저 넘어 저 멀리 어디에선가 미지의 세계가 나를 기다리고 있는 것 같았다.

시골아이들의 평범하고 소소한 즐거움으로 가득 찼던 초등학교 시절은 어느 날 갑작스러운 아버지의 죽음으로 끝이 났다. 자식만큼은 서울로 보내 공부를 시켜야겠다는 어머니의 의지로 나는 초등학교 졸업과 동시에 도회지로 유학을 떠났다. 중학교는 대전에서, 고등학교는 서울에서 마치고 광운대 무역학과에 입학했다.

중학교 시절 당시 티브이에 현대그룹 정주영 회장의 일대기가 방영되었다. 정주영 회장이 거제도에 조선소를 시작하면서 아무런 건조시설도 준비가 되지 않은 상태로 외국에 나가 바이어에게 이순신의 거북선이 그려진 한국의 지폐를 보여주면서 선박 발주계약을 따내고 그 자금으로 조선소를 세우고 성장시켜 나간 스토리를 보면서 나도 해외에 나가서 멋진 활약을 하고 싶다는 열망이 생겼다. 그리고 고등학교 시절에는 대우그룹 김우중 회장의 『세상은 넓고 할 일은 많다』라는 자서전을 읽으면서 점점 구체적인 목표가 마음속에서 자라기 시작했다.

대학에서 무역 관련 수업을 받을 때마다 나도 모르게 머릿속으로 중국이란 무대가 떠올랐다. 수업시간에 무역 강의를 들으면서 나는 중국이란 나라를 배경으로 활약하는 내 모습을 상상해보곤 했다. 중국은 당시에 아무도 가보지 못한, 죽의 장막으로 폐쇄된 공산국가인 데다가 아무런 정보도 없는 미지의 세계였지만 나에게 '해외', '무역'이라는 단어는 자동으로 중국이란 나라와 함께 연상되는 것이었다. 화려한 미국이나 유럽의 도시보다 오히려 아무런 정보도 없고 낙후하며 황량한 대륙으로 인식되던 중국에 마음이 끌린 것은 아마 내가 자라온 시골의 척박한 환경의 영향과 남들이 시도해보지 않은 미개척분야에 도전하고 싶은 마음이 함께 작용한 것으로 여겨진다. 물론 당시에 국교도 없는 공산주의 나라인 중국을 꿈꾼다는 것은 비현실적인 몽상이었다.

하지만 사람이 마음에 오래 품은 것은 언젠가는 이루어지는 법이다. 도전하는 자에게 기회가 주어지고 꿈을 간절하게 품은 자는 그 기회가 왔을 때 자신의 모든 것을 건다. 나의 대학 생활은 평범하였지만 내가 남들과 달랐던 점은 늘 중국을 가슴속에 품고 살았다는 것이다. 그런 나에게 대학 졸업과 함께 느닷없이 중국으로 가는 길이 열렸다. 중국의 개방정책으로 죽의 장막이 열리면서 내가 졸업하는 당시엔 한국기업들이 중국시장 개척에 지대한 관심을 쏟기 시작하였고 그런 움직임 속에서 나에게도 기회가 온 것이다. 그렇게 중국이란 미지의 세계가 불현듯 내 눈앞에 다가왔고 오랫동안 가슴에 품고 있었던 중국이라는 방향으로 내 인생이 움직이기 시작했다.

2

현지인과 함께 춤을

대학을 졸업하고 바로 중견 무역회사의 중국 대련
(大連) 지사장으로 부임한 나는 북방의 진주라는 아름다운 항구
도시인 대련(大連)에서 중국 생활을 시작하였다. 당시는 중국과 수
교가 되지 않은 상황에서 한국의 무역상사들이 막 진출을 시도
하던 때라서 중국과의 무역에 관한 어떤 정보나 자료도 없었기
에 현지에서 직접 부딪혀 가면서 처음부터 하나하나 어렵게 풀
어나가야 하는 상황이었다.

당시 나는 중국에 오기 전에 학원에서 중국어를 조금 배워서
아주 기본적인 몇 마디밖에 할 줄 모르는 상태였지만, 처음부터
통역을 배제하고 직접 현지인들과 대화를 시도하였다. 영어가 통
하는 일부 현지인들과는 영어로 대화가 가능했지만, 무역업무에
종사하는 소수의 엘리트 공무원 이외에는 영어를 제대로 하는

사람들이 거의 없었다. 나는 그들과 직접 중국어로 대화를 나누기로 마음을 먹고 저녁에 숙소로 돌아오면 중국 드라마를 보면서 중국어 공부에 매달렸다. 비즈니스 상담을 할 때는 업무와 관련된 단어를 전날에 미리 단어를 익혀두고 현장에서는 단어장 메모를 보면서 대화를 했다.

나는 중국 친구들이 가는 곳이면 그들과 함께 다니고 그들과 같은 밥을 먹었다. 중국 음식은 매우 기름진 것들이 많았지만 고추장을 휴대하면서 조금씩 넣어 먹으면 그런대로 맛이 있었다. 저녁에는 호텔로 돌아와 중국의 영화와 드라마를 보면서 중국말을 하나씩 익혀나갔다.

내가 남보다 빨리 중국어를 숙달하게 된 가장 큰 이유는 바로 현지인들과의 직접 소통을 시도한 것이라고 생각한다. 글로벌 비즈니스에 있어서 언어의 중요성은 아무리 강조해도 지나치지 않다. 외국어를 잘하지 못하면 국제적인 비즈니스 경쟁력에서 뒤질 수밖에 없다. 우리가 어렸을 적부터 학교에서 의무적으로 영어를 배우고 제2외국어까지 배우는 이유는 대한민국의 국가와 국민의 경쟁력을 키우기 위해서다. 땅덩어리가 작고 자원이 부족한 대한민국의 국민이 세계와의 경쟁에서 살아남기 위해서는 언어 경쟁력을 먼저 충분하게 높여야만 한다. 하지만 현재 우리나라에서 언어교육은 투입되는 노력에 비교해 성과가 보잘것없다. 많은 시간을 영어학습에 투입하지만 막상 외국인을 대하면 말이 나오지 않고 얼어버리는 경우가 많다. 내 생각에 영어교육의 가장 큰 문제점은 현지인과 직접 부딪히면서 몸으로 배우는 과정이 없이 책과 머릿속으로만 공부를 해왔다는 것이다. 외국어는 현장에서 현지인과 부딪히면서 그들의 문화에 빠져서 몸으로 익혀야만 제대로 빨리 습득할 수 있다.

내가 대련에서 처음 시작한 무역업무는 마그네사이트와 활석이라는 광물을 중국 현지에서 제품검사하여 한국으로 선적하는 일이었다. 중국의 광물 수출회사에서 마그네사이트와 활석을 선적 전에 항구의 야적장에 쌓아두면 그곳에 가서 광석의 품질을 점검하는 것이 나의 일이었다. 그런데 눈에 보이게 위쪽에 쌓아둔 광석들은 품질이 괜찮지만, 눈에 잘 보이지 않는 아래쪽으로는 품질이 떨어지는 것들이 제법 많이 섞여 있었다.

좋은 마그네사이트는 황금빛이 나는 진한 금색이다. 나는 마그네사이트를 포장한 톤 백을 하나하나 풀어서 검사하고 품질이 기준에 미달하면 가차 없이 불합격 처리를 했다. 나는 온종일 톤 백을 오르내리면서 지독하고 철저하게 검사를 하였다. 현지인들이 처음에는 젊은 사람이 설치는 것에 대해 말들이 많았지만, 나중에는 결국에는 나를 인정하였고, 그다음부터는 품질에 하자가 없는 광석을 한국으로 보낼 수 있었다. 그 소문들이 현지 업계에 돌면서 내 물건에 대해서는 사전에 별 이야기가 없어도 알아서 성실하게 준비를 하기에 이르렀다.

그런 일련의 과정을 통해서 현지인들과 신뢰의 관계를 쌓기 시작하였고 나에 대한 좋은 평판들이 소문으로 돌면서 중국의 광물수출입회사인 길림성(吉林省)오금광산유한공사의 주요 책임자들과도 매우 가깝게 지낼 수 있게 되었다. 한국에서도 생각보다 좋은 품질의 마그네사이트가 도착하니까 나에 대한 평가가 날로 높아졌다. 나중에는 오금광산유한공사에서 자기들의 물량을 나를 통해서만 수출하겠다고 하는 바람에 한국의 많은 무역회사에서 나에게 물량을 보내달라는 요청이 쏟아졌고 여러 회사에서 나를 스카우트하려는 상황에 이르렀다.

현지인들과 생생한 대화 속에서 나의 중국어 실력은 날이 갈

수록 일취월장했고 더 많은 현지인과 깊숙하게 친분을 쌓을 수 있었다. 이는 이후 20년 이상의 중국 생활에서 가장 강력한 무기가 되었다. 나는 언어에 그다지 많은 재능을 가지고 있지는 않았지만, 현지인들과 어울리면서 몸으로 배운 중국어는 학원에서 책으로 배우는 중국어보다 훨씬 빨리 나의 것이 되었다. 돌이켜 보면 내가 중국 진출 초기에 그만한 성과를 낼 수 있었던 것은 비록 짧은 중국어지만 과감하게 그리고 진솔하게 현지인들과 직접 대화를 시도했기 때문이었다. 현지인들과의 직접적인 언어 소통보다 중요한 것은 없다.

하지만 언어만 잘한다고 모든 것이 잘되는 것은 아니다. 언어의 장벽을 걷어낸 다음에는 상대방과 진실을 주고받을 수 있는 마음의 통로를 열어야 한다. 당시 대련에는 대련에 진출한 무역상사들과 크고 작은 무역회사들의 주재원들이 모이는 한인회 모임이 있었다. 한인회에서 한겨레 축구단을 결성하여 주말마다 인민광장의 잔디구장에서 축구를 즐겼다. 잔디구장의 사용료는 그다지 비싸지 않았고 특히 한국인들이 사용한다고 하니까 대련(大連)시에서 특별히 저렴하게 임대를 해주어서 큰 부담 없이 잔디구장에서 축구를 즐길 수 있었다. 어려서부터 축구를 좋아했던 나는 주말마다 푸른 잔디구장에서 공을 차는 것이 그렇게 좋을 수 없었다. 나는 한겨레 축구단의 단장을 맡아 현지의 세관이나

검역국, 세무서, 경찰공안 등과 친선경기를 하기 시작하였고 나중에는 친선축구대회를 정기적으로 개최하기에 이르렀다.

현지 기관과의 친선경기를 통해서 얻은 것은 이루 말할 수 없을 정도로 많다. 비즈니스가 아니라 직접 몸을 부딪치며 땀을 흘리는 스포츠를 통해서 만남의 범위가 급속도로 넓어졌고 그들과 스스럼없이 친해지는 계기를 만들 수 있었다. 시합이 끝나면 식당에서 술 한잔씩 나누면서 자연스럽게 형님, 동생을 맺고 그 관계를 자연스럽게 이어갈 수 있었다.

당시 중국은 국제적인 무역에 관한 규정도 부족하고 설령 있다손 치더라도 그걸 다 이해하는 사람도 매우 적었기 때문에 현지 인맥의 도움 없이는 시시때때로 발생하는 모든 문제와 어려움을 헤쳐 나가기가 무척 어려웠다. 나에게 어려운 일이 닥칠 때마다 이들은 물심양면으로 나를 도와주었다. 매주 정기적으로 친선경기를 갖는 기관과 부서가 많다 보니 어떤 문제가 발생하더라도 각 분야에 포진해 있는 중국 친구들이 나서서 쉽게 문제를 풀어주는 상황이었다.

만약 나에게 중국어와 축구에 대해 애정이 없었다면, 중국어와 축구를 통해 맺은 현지인들과 끈끈한 인간관계가 없었다면 나의 중국 25년은 과연 어떻게 전개가 되었을까? 나는 대학시절부터 이미 중국으로 방향을 잡았고, 중국에 도착하자마자 현지인들과 어울리면서 중국어를 몸으로 배우고 익혔으며, 좋아하는 축구를 통해 좋은 중국인들과 만남을 가지려고 노력했다.

국제적인 무역이나 거래를 하면서 현지인을 진정한 친구로 둘 수 있다면 그만큼 성공에 가까워질 수 있다. 특히 중국같이 인간 관계로 일을 풀어나가는 나라에서는 더욱 그렇다. 중국에서 꽌시(關系: 인간관계) 없이 어떤 일을 제대로 풀어나가기란 대단히 어렵다. 중국은 거대한 나라이지만 그만큼 역사적으로 크고 작은 전쟁과 환란 속에서 숱한 피해를 입으면서 살아왔기에 사람에 대한 의심이 많다. 그들은 가족이나 친척만큼 가까워지지 않으면 마음의 문을 열지 않는다. 그러나 어떤 선을 넘어 가족이나 친척만큼 가까워지면 그때부터는 마음의 문을 활짝 열고, 무슨 일이 생기면 적극적으로 나서서 도와주며, 인생의 동반자가 되는 것이 그들이 살아가는 방식이다.

여기서 중국어 통역에 대한 내 생각을 이야기하고 싶다. 당시에는 많은 한국인이 조선족을 통역으로 데리고 다니면서 일을 처리하곤 했는데 적지 않은 문제가 여기에서 비롯되었다. 당시 조선족 통역들은 무역업무에 대해 특히 무역용어에 대해 제대로 알지 못했고, 한국인이 말하고자 하는 의도를 제대로 전달하지도 못했으며, 현지인들의 말 역시 제대로 이해하지 못하는 경우가 많아서 통역을 자기가 아는 수준에서 대충 전달하는 일이 많았다. 게다가 언어라는 것이 다른 사람을 통해 전달되면 아무래도 친밀감이 떨어지는 것은 당연한 일이라서 대화 상대자 간에 신뢰가 형성되기 어려운 게 사실이었다.

어떤 경우에는 통역이 말을 제대로 전달하지 않고 중간에서 알게 모르게 중국인의 입장을 위해 일을 처리하거나 한국인을 속여 자기의 이익을 취했고, 심하면 비즈니스를 가로채기도 했다. 그 때문에 말이 완벽하게 통하지 않더라도 현지인과의 대화는 꼭 현지 언어로 자신이 직접 하려고 노력해야 한다는 것이 나의 지론이다.

세상은 넓고 인구는 많으며 언제 어디서나 비즈니스는 일어난다. 우리는 그 비즈니스 기회를 잡기 위해 세상 밖으로 나가야 한다. 기술의 발달에 힘입어 지금은 외국어를 잘 몰라도 간단한 여행 정도는 번역 앱 하나만으로도 충분히 의사소통이 가능한 세상이 되었지만 정말로 중요한 일과 비즈니스는 손 안의 앱으로는 진행할 수 없다. 자신이 가야 할 인생과 비즈니스의 방향을 설정하였다면 그다음에는 그곳에 가서 현지인과 부딪치면서 현지 언어를 몸으로 습득해야 한다. 언어가 통하면 진정한 친구들을 사귈 수 있고 그들이 비즈니스의 조언자이자 파트너가 되고 당신을 성공으로 이끄는 인생의 동반자가 될 것이다. 할 수만 있다면 현지인 속으로 깊숙이 들어가서 '현지인과 함께 춤을' 추어라.

3
큰일엔 큰 장애물이 있다

대련(大連)에서 활석과 마그네사이트의 무역이 잘 풀려나가고 있을 때 나에게 또 다른 기회가 찾아 왔다. 200만 호 주택건설로 시멘트와 모래가 부족하던 한국은 중국에서 시멘트 수입을 추진하였고 나에게 한국으로 시멘트를 보내달라는 요청이 온 것이다. 당시 나의 중국 파트너인 오금광산진출구공사는 자체적으로 시멘트 수출허가를 받을 수 있는 회사였다. 그래서 오금광산 파트너와 시멘트 무역에 대한 논의를 마치고 그들과 함께 시멘트 수출사업을 하기로 했다. 다른 한국의 무역상들은 시멘트 수출허가를 받는 것부터 쉽지 않은 상황이었지만 나는 중국 파트너 덕분에 수출허가증은 비교적 쉽게 받을 수 있었다. 나는 쾌재를 불렀다. 성공이 거의 확실한 큰 무역 비즈니스가 바로 내 손에 들어온 것이다.

1990년 제6공화국 정부 시절에 주택 부족 해결을 위해 주택 200만 호를 건설한다는 프로젝트가 추진되었고 1차로 일산과 분당 등의 신도시에 아파트 30만 호를 건설하는 데 돌입하였다. 여러 가지 여건이 준비되지 않은 상태에서 노태우 정부 임기 안에 건설을 마치려고 급하게 서두르다 보니 건설자재 부족이라는 큰 문제에 봉착하였다. 가장 급한 자재는 모래와 시멘트였다. 모래는 급한 대로 씻지도 않은 바다모래를 쓰는 등 임시적인 해결이 가능했지만, 시멘트는 국내 생산량으로 그 많은 수요를 충당할 방법이 없었기에 외국에서 대량으로 수입할 수밖에 없었다.

당시에 수입을 할 만한 곳으로 베트남 같은 동남아 국가 이야기가 많이 나왔으나 대부분의 국가가 공장이 낙후하고 생산량도 턱없이 부족했다. 한국에서 수입해야 할 시멘트가 1~2만 톤 규모가 아니라 한 달에 수십만 톤씩 되는 상황이었고 그 정도 규모의 물량을 생산하는 나라는 중국밖에 없었다. 남미 등 먼 나라는 장거리 수송 도중에 시멘트가 굳는 문제가 발생하니까 애초부터 고려대상이 아니었다.

수입하는 시멘트 포장은 레미콘 용도로 사용하기 위해서 우리가 보통 생각하는 작은 포대가 아니라 1~2t 단위의 톤 백으로 포장해서 선적한다. 그렇기 때문에 시멘트를 생산하는 공장과 선적하는 항구의 운송 거리가 최대한 가까워야만 했다. 거리가 멀 경우 수송 도중에 굳어버리는 문제뿐만 아니라 트럭의 대수가 부족하다는 문제가 있었다. 한 번 선적에 만 톤 정도만 보낸다 하더라도 이를 나르기 위해서는 8~10t 트럭을 기준으로 최하 몇백 대의 장거리 트럭이 필요한데 당시 중국에서는 그렇게 많은 트럭을 구할 수가 없었다. 그래서 최대 100대 정도의 트럭을 이용해서 시멘트를 항구와 가까운 곳에 내려놓고 다시 공장에 가서 실어오는 방식으로 수송을 해야 했다.

항구와 가까운 곳에 시멘트 공장이 있는 곳을 물색한 결과 가장 적합하다고 판단이 된 곳이 산둥성에 있는 롱커우(龍口)라는 작은 항구도시였다. 어쩌다 옌타이(連帶)나 잉커우(營口) 같은 항구에서도 시멘트가 나오는 경우도 있었지만, 그곳에서는 시멘트를 모으면 겨우 한 번 선적할 수 있을 정도의 물량뿐이었기에 모든 시멘트 무역은 롱커우항을 통해 이뤄지고 있었다. 그런데 롱커우 항만은 규모가 작고 선적 크레인도 만 톤짜리는 하나만 있을 뿐이고 그외 5천 톤이나 2천 톤 규모의 크레인이 겨우 몇 대 정도 있는 상황이었다. 따라서 시멘트를 선적하는 데 시간이 많이 소요되어 선박들이 항구로 입항하면 한참을 대기해야 하는 상황이었다. 시멘트 무역은 중국 정부로부터 수출허가증을 받는 것도 어려웠지만 사실 그것보다 항구 접안이 더 큰 과제였다. 대형 벌크선들이 항구에서 한 주일 이상 대기를 하게 되면 한국에 납기를 맞추기가 어려워지고 날마다 발생하는 체선료 때문에 시간이 지체될수록 그 비용을 감당하기가 어려워진다.

나는 서둘러 신용장을 개설하고 시멘트 물량을 확보한 뒤 한국에서 롱커우항으로 선박을 보내도록 조치했다. 모든 일이 일사천리로 진행되었다. 그리고는 선적상황을 직접 눈으로 보기 위해 파트너와 함께 롱커우항으로 향했다. 호텔을 잡아놓고 그곳 상황을 직접 눈으로 보니 그제야 생각지도 않은 문제가 있음을 알게 되었다. 선박의 접안이 문제였다. 하루라도 빨리 선적작업을 하고 한국으로 보내야 하는데 선박을 항구에 접안할 수가 없었다. 대기하는 선박은 많고 아무리 요청을 해도 접안 날짜가 도통 잡히지 않았다. 당시 첫 물량의 해상운송을 위해 만 톤짜리 선박이 들어왔는데 이번 첫 물량을 제때에 처리하지 못하면 거래가 끊어지는 것은 물론 내 신용에도 큰 상처를 입는 곤란한 상황에 부닥치게 된 것이다.

그때 율산그룹의 신선호 회장의 일화가 생각났다. 율산그룹 신선호 회장은 나중에 정치적인 희생양이 되어 그룹이 부도나는 사태를 당했지만, 무일푼에서 빠르게 성장한 입지전적인 인물이다. 무역사업을 막 시작한 신선호 회장은 어느 날 쿠웨이트에서 주문서 한 장을 받았다. 천만 불짜리 주문서였다. 규모는 컸지만, 워낙 단가가 낮다 보니 여러 회사를 전전하다 그에게까지 온 것이다. 그는 수지타산을 맞추기가 어려운 주문서를 받아들고 어떻게든 이 주문을 맞춰내기 위해 동분서주한다.

배를 통째로 용선해서 운임을 대폭 낮추면서 단가를 맞출 수 있게 된 그는 천만 불어치의 시멘트와 건설자재를 싣고 목적지인 사우디아라비아에 도착했다. 한데 문제가 있었다. 워낙 많은 배가 몰려드는 바람에 하역일정이 한 달 뒤로 잡힌 것이다. 배에 실린 시멘트와 건설자재 50만 톤은 열도의 뜨거운 날씨로 하루가 다르게 변질되어가고 있었다. 만약 항구에서 더 지체하면 시멘트는 굳어버릴 판이었고 납기를 놓치게 되는 것은 물론 체선료 역시 눈덩이처럼 불어날 판이었다. 처음으로 수주한 첫 대형 물량이 그의 마지막이 될 위기에 처한 것이다.

그때 그는 인생을 건 도박을 감행한다. 배 갑판에 가마니를 모아놓고 불을 지른 것이다. 배에 불이 나면 화재 진압을 위해 먼저 최우선으로 접안을 시켜야 한다는 걸 계산하고 선장과 짜고 일부러 방화를 저지른 것이다. 그의 예상처럼 불이 난 배는 최우선으로 부두에 접안할 수 있었고 하역 역시 예정보다 일찍 마칠 수 있었다. 방화까지 불사하며 납기를 맞춘 그의 기지를 본 중동 거래처는 이후 열 배나 더 큰 1억 불의 추가 오더를 주었다. 이 건으로 신선호 회장은 회사를 크게 일으킬 발판을 마련하였다.

하지만 아무리 생각해도 내가 신선호 회장처럼 배에 불을 지를 수 없는 노릇이었다. 선박회사에서 허용하지 않을 것이 뻔하고 자칫 중국에서 방화범으로 몰려 큰 벌을 받을 수도 있었다. 사우디가 아닌 롱커우항의 접안에 대해서는 도무지 해결책이 떠오르지 않았다.

당시 항무국 접안팀 책임자는 삼사 년 후면 정년퇴직할 나이였고 매우 꼼꼼한 성격에 자존심도 세고 자기가 아는 사람만 상대하는 사람이었다. 주변의 사람들이 돈을 싸들고 와도 전해줄 방법도 없었고 아무도 만나주지도 않았다. 나의 파트너 회사에서도 어떻게 해서든지 그 사람을 한 번이라도 만나보려고 했지만, 이 양반이 도통 상대를 해주지 않았다. 그때가 한서울 크리스마스였는데 배는 이미 5일째 항구에 묶여 있었고 접안은 기약이 없었다. 보통 접안 계획이 잡히면 항무국 부서 칠판에 해당 선박의 이름을 적어두는데 그로부터 5일이면 대부분 접안이 이루어진다. 그렇다면 지금 당장 접안계획이 잡히더라도 또 5일을 더 기다려야 선적을 할 수 있다는 이야기다. 그러면 그때는 이미 10여 일이 소요된 상태이므로 접안을 한다 하더라도 체선료를 감당하기 어려운 상황인데 이조차도 될지 안 될지 모르는 상황이니 기가 막힐 따름이었다.

나는 그때 큰 비즈니스에는 꼭 커다란 장애물이 생긴다는 것을 절감했다. 죽이 되든 밥이 되든 일단 접안담당자에게 부딪쳐 보는 것이 내가 할 수 있는 유일한 방법이었다. 나는 아침 일찍 항무국에 도착해서 회의를 마치고 나오는 그를 따라 사무실에 들어갔다. 나는 그에게 내가 할 수 있는 모든 중국의 욕을 섞어가면서 심하게 따졌다. 나는 그때 이미 빈 배로 돌아갈 각오를 하고 있었다.

"왜 배가 온 지 5일이나 지났는데 접안은커녕 계획조차 잡아주지 않느냐? 당신 뭐 하는 사람이냐? 중국이 이렇게까지 비합리적이냐?"고 큰소리로 따졌다. 웬 젊은 한국인이 심한 욕까지 섞어서 대드니까 그는 얼굴이 벌게진 채로 할 말을 잊고 나를 멀뚱멀뚱 쳐다보고 있을 뿐이었다. 만약 중국인이 그한테 그런 욕을 했다면 그 자리에서 큰 싸움이 벌어졌을 것이다. 같이 사무실에 따라 들어왔던 내 파트너는 안절부절못하고 있었지만 나는 그냥 사무실을 나와 버렸다. 그때 그 사무실 밖에 접안을 목이 빠지게 기다리는 대기자들이 일제히 나를 보았다. 그들은 뒤에서는 그 담당자를 욕하면서도 면전에서는 꼼짝도 못 하고 그의 눈치를 보며 그와 한 번 눈길이라도 마주치려고 무진 애를 쓰는 사람들이었다.

나는 거기서 나와서 한두 시간이 지난 후에 파트너를 시켜 점심을 같이 먹고 싶다는 뜻을 전해달라고 했다. 파트너는 절대로 안 될 것이라고 손사래를 치면서 이제 빈 배로 돌아갈 수밖에 없다고 한숨을 쉬었다. 나는 안 될 때 안 되더라도 일단 찾아가서 점심을 먹자는 말은 꼭 전해달라고 했다. 당시는 술자리 접대가 저녁이 아니라 점심때 이루어지는 경우가 많았다. 그런데 파트너가 갔다 오더니 그 책임자가 나와 같이 점심을 먹겠다고 했다는 거였다.

롱커우항은 해산물이 풍부한 바닷가 마을로 싱싱한 꽃게가 많다. 나는 식당에서 미리 꽃게를 주문해놓고 그를 기다렸다. 그가 도착하고 나는 아무 이야기도 하지 않은 채 52도짜리 독한 중국 바이주(白酒)를 맥주잔에 가득 따라 그에게 건네주고 내가 먼저 원 샷으로 한잔을 다 들이켰다. 그가 나를 가만히 바라보있다. 내가 바이주를 맥주잔에 한잔을 더 부어 마셨더니 그제야 자기도 한 잔을 원 샷으로 마시면서 자기는 이렇게 바이주를 맥주잔으로 건배를 하는 경우는 처음이라고 했다. 그렇게 바이주 두 잔을 마신 나는 그에게 바이주가 아닌 맥주를 따라 주면서 이야기를 꺼냈다.

"먼저 인간적으로 미안하다. 당신은 아버님 뻘인데 내가 큰 무례를 범했다. 내가 무릎을 꿇고 싶을 정도로 용서받을 수 없는 행동을 했다. 당신이 용서를 해주지 않는다면 나는 여기서 배를 돌려보내고 모든 손실을 감수하겠다. 오늘 이 자리의 점심이 당신하고 나하고 처음이자 마지막 점심일지도 모른다. 나는 비즈니스를 못 해도 좋다. 당신한테 그렇게 무례한 행동을 할 때는 비즈니스를 하지 않을 생각으로 한 것이다. 나는 사과를 하러 왔다. 그러니 사과한다는 말을 제외하고는 비즈니스 이야기는 한마디도 하지 않겠다. 그런데 다만 한 가지, 만약에 당신 아들이 외국에 가서 이런 경우가 생기면 어떻게 하면 좋을지 당신이 한번 생각을 해보면 좋겠다."

짧은 시간에 급하게 바이주(白酒) 두 잔을 마시고 거기에 맥주까지 덤으로 마신 나는 화장실에 다녀오다가 나도 모르게 그 자리에 쓰러졌다. 너무 급하게 많은 양의 바이주(白酒)와 맥주를 섞어서 마시다 보니 정신을 잃은 것이다. 더 이야기를 하지도 못하고 호텔로 겨우 돌아온 나는 밤새 잠도 못 자고 숙취로 고생을 했다. 아침에 겨우 일어나 물을 마시고 있는데 파트너가 와서 우리 배가 내일 접안한다는 소식을 알려줬다. 아니 아직 접안계획도 없는데 어떻게 내일 바로 접안할 수 있냐고 물었더니 그 담당자가 내일 접안시키기로 결정을 했고 그쪽에서 식사만 간단하게 같이 하자고 요청했다는 것이다. 술이 확 깨는 놀랍고 기쁜 소식이었다.

당시는 만 톤 정도의 물량을 별 이상 없이 납기 안에 보낼 수 있으면 상당한 수익을 올릴 수 있었다. 물량과 납기를 확실하게 지킬 수만 있다면 누구라도 최고의 VIP 대우를 받는 시절이었다. 200만 가구를 급하게 건설해야 하는 한국의 사정은 너무나 급박했고 그것은 나 같은 무역상들에게는 최고의 비즈니스 기회가 되었다.

이튿날 접안 담당자를 만났다. 그는 내가 자기의 정신을 번쩍 들게 해주어서 고맙다고 말했다. 6개월 전에는 항구가 텅텅 비어서 자기가 대우를 받을 일도 없었는데 갑자기 한국에서 시멘트를 대량 수입하면서 모든 사람이 자기를 왕같이 모실 때 자기도 모르게 그 분위기에 젖어서 한동안 꿈을 꾼 것 같았는데 이제 정신을 좀 차리게 되었다고 했다. 그리고 앞으로는 가능한 합리적으로 일을 처리하겠다면서 우리 배가 들어올 때 먼저 이야기를 해주면 바로바로 처리해주겠다고 하는 것이 아닌가. 그때부터 나의 시멘트 무역은 순풍을 타기 시작하였다.

나는 큰 비즈니스엔 큰 장애물이 생기듯이 인생 역시 큰 목표에는 큰 장애물이 있게 마련이고 성공을 하려면 반드시 그 장애물을 슬기롭게 넘을 수 있어야 한다는 것을 다시 한번 깨달았다. 큰 것을 이루는 데 큰 장애물이 없다면 그런 건 누구나 다 할 수 있는 일이다. 피하지 않고 과감하게 몸으로 맞서 그 장애물을 뛰어넘는 자만이 성공을 맛볼 수 있다. 하나의 아이템, 하나의 종목에서 성공한 사람들은 그 앞에 닥쳤던 큰 장애물을 극복한 사람들이다. 나는 그것을 그 젊은 나이에 중국의 작은 항만도시 룽커우항에서 배웠다. 그리고 나는 좀 더 과감해졌다.

그때 이후 인터넷이 도입되면서 나는 이메일의 아이디로 스프레차투라(Sprezzatura)라는 이탈리아어를 쓰기 시작했다. 이탈리아 음악가들은 데코로, 스프레차투라, 그라지아 이 세 가지가 어우러져야 감동적이고 장려한 연주가 완성된다고 여겼다. 데코로는 준비와 노력을 의미한다. 이는 끝없는 연습과 반복을 되풀이하는 외롭고 힘든 과정이다. 스프레차투라는 노력하고 신경 쓴 사실을 드러내지 않고 아무리 힘들어도 무척이나 쉬운 것처럼 세련되게 해내는 것을 뜻한다. 스프레차투라는 데코로 없이 불가능하다. 데코로와 스프레차투라를 통해 자연스럽게 나오는 결과가 우아한 아름다움인 그라지아다.

나는 음악가는 아니지만, 세상에는 항상 힘든 장애물이 있으므로 평소에 준비를 철저히 하되 결정적인 순간에는 단순하고 과감하게 맞서겠다는 의지를 'Sprezzatura'라는 아이디에 담았다.

4

취미로 자연스럽게
인맥을 만들자

인맥은 성공의 밭이다. 좋은 밭에서 좋은 작물을 얻을 수 있듯이 좋은 인맥에서 성공의 씨앗이 자라고 좋은 결실을 얻을 수 있다. 사람은 이 세상에 태어나자마자 가족과 친척이라는 혈연의 인맥이 형성된다. 그리고 자라나면서 지연과 학연이라는 기본적인 인맥이 자연적으로 만들어진다. 혈연과 지연, 학연은 한 사람의 인생을 지지해주는 견고한 인맥이고 결혼과 진학을 통해 범위를 넓혀갈 수 있지만 아무래도 그 확장 가능성은 매우 제한적이다.

좋은 인맥은 인생에 즐거움과 행복을 선사해 준다. 키에르케고르는 "행복의 90%는 인간관계에 달려 있다"라고 말했다. 인맥은 다양한 사람들과의 다양한 유대관계로 만들어지는데 그 인맥을 어떻게 활용하는가에 따라 우리 인생에 미치는 영향은 매우 크다. 사실 인간이 무엇을 생각하고 아이템을 발견하며 정보를 모으고 판단하는 능력은 별반 차이가 나지 않는다. 다만 그것을 추진하고 의미 있는 결과를 만드는 능력에는 차이가 있는데 그것도 개인의 역량이라기보다는 그 개인을 둘러싸고 있는 인맥이 만들어내는 힘의 차이라고 생각한다. 나는 "비즈니스의 90%는 인맥에 달려 있다"라고 강조한다. 그 누구의 성공과 실패, 좌절과 극복의 드라마 뒤에는 반드시 인맥의 배경이 있다. 인맥이 그 사람의 드라마를 만드는 것이다. 따라서 좋은 인생, 성공의 인생을 만들기 위해서 자기 스스로 인맥의 씨줄과 날줄을 잘 엮어 나가야 한다.

성공한 사람의 주변을 보면 풍부한 인맥이 이루어져 있음을 알 수가 있다. 그들은 기존의 인맥을 징검다리 삼아서 계속해서 인맥의 영역을 확장해나간다. 풍부한 인맥을 형성하는 가장 좋은 방법은 개인적인 관심사들로 이루어지는 취미나 스포츠를 통해 자연스럽게 인맥을 넓혀가는 것이다. 사회에서 공적으로 만난 사람과 자연스럽게 친해지기란 쉬운 일이 아니다. 누구나 처음에 사람을 만나면 경계심이 발동하고 자기에게 얼마나 도움이나 이익이 되는지 머릿속으로 계산하기에 바쁘다.

반면에 취미나 스포츠 활동은 처음부터 사심 없이 공동의 관심사를 공유하는 과정을 통해 서로에 대한 공감대를 형성하고 교감을 나누게 하므로 딱딱하고 공식적인 관계를 부드러운 사적인 관계로 자연스럽게 발전시켜 나갈 수 있다. 나의 경우도 의도적으로 인맥을 만든 것이 아니라 내가 좋아하는 운동을 통해 자연스럽게 인맥이 형성되었다. 생면부지인 중국에서 나는 축구를 통해 인맥을 만들고 그 인맥의 울타리를 차츰차츰 넓혀 나갔다. 처음 중국 생활을 시작한 대련에서 시작된 현지인과의 축구 교류모임은 심양으로 근무지를 옮긴 이후에도 계속 이어졌다.

인맥은 사람을 살리기도 하고 사람을 죽이기도 한다. 중국에서 한국사람들이 이런저런 사유로 어려움을 겪을 때마다 중국 친구들의 도움을 구해서 그들을 위기에서 구해준 적이 한두 번이 아니었다. 심양에서 식품공장을 처음 지을 무렵에 심양(沈陽) 서탑(西塔)의 정창빈관이란 호텔을 임시 사무실로 사용하고 있었다. 바로 옆 사무실에 한국인 P 사장 부부가 일하고 있었는데 그들은 심양에서 현지인과 합작형태로 구두공장을 운영하는 사람들이었다. 어느 날 그들의 사무실에 많은 사람들이 심각한 표정으로 들락날락하면서 소란스러워졌다. 어찌 된 영문인지 알아보니 P 사장이 사업파트너와 분쟁이 생기면서 살인미수죄로 수배를 당하고 여권 비자도 말소되어 오도 가도 못하고 중국 공안에 잡혀갈 상황이라는 것이었다.

내용인즉슨 당시 구두공장을 합작하기로 하였던 조선족 파트너가 공장을 다 차지하고 P 사장을 몰아내려고 이런저런 꼬투리를 잡아 문제 삼으면서 P 사장을 압박한 것이었다. P 사장은 파트너와 담판하다가 분을 못 이겨 칼을 꺼내 자기 손가락을 잘라버리겠다는 소란을 피웠는데 파트너가 이를 빌미로 공안과 짜고 살인미수죄로 몰아넣은 것이다. 내가 생각해도 어처구니가 없는 일이었다. 이런 경우는 한국인이 현지인들한테 당하는 전형적인 케이스라서 나는 이 문제를 꼭 해결하고 싶었다. 당시엔 비단 P 사장뿐만 아니라 많은 한국인이 중국인과의 합작과 관련해서 수많은 사기와 협박으로 고통을 받고 있었다. IMF 환란 이후에 섣부른 판단과 막연한 기대감으로 중국으로 넘어오는 한국인은 당시 중국인들에게는 만만한 먹잇감이었고, 중국인들이 그린 야비한 방식으로 투자금과 공장을 갈취하면서 부를 일구어 나가는 일이 비일비재했다.

　나는 중국인 친구들에게 P 사장을 구할 방법이 없는지 물어보았다. 그러자 친구들이 긴밀하게 움직이더니 당장 그다음 날 해결책을 만들어냈다. 그들로부터 연락을 받은 정법위원회 서기가 조선족 당사자와 관계자를 자기 사무실로 불러 사건의 진위를 추궁하고 며칠 후에 P 사장의 비자에 도장을 찍어주면서 사건을 종료시켰다. P 사장은 살인미수죄의 누명에서 벗어났고 합작한 공장에서 일정 부분의 투자금을 회수할 수 있게 되었다. P 사장은 나한테 고맙다고 사례를 하려 했으나 나는 한사코 받지 않았다. 나야 사례를 받으려고 한 일도 아니고 같은 한국인이 중국에서 억울한 일로 인생을 망치는 것을 두고 볼 수는 없었기에 사건이 잘 해결된 것만으로 충분했다.

　P 사장 문제를 해결하자 나는 일약 한국인의 어려운 문제를 해결해주는 사람으로 소문이 나기 시작하였고, 현지 친구들의 도움으로 한국인들이 처한 문제들을 도와줄 수 있었다. 그것은 스포츠라는 자연스러운 취미활동을 통해 어떤 목적이나 대가 없이 자연스럽게 친분을 맺은 중국 친구들이 여러 요직에 많이 포진해 있었기 때문에 가능한 일이었다. 그들 역시 아무런 대가를 바라지 않고 순수한 마음으로 발 벗고 나서 주었다. 그건 함께 땀을 흘려가면서 쌓은 우정이기에 가능한 일이었다. 심양에는 한인

회 조직도 있고 영사관도 있었지만 그런 공식적인 루트를 통해서 해결할 수 있는 일은 매우 적었다. 자국민 보호라는 책무를 위해 파견된 영사관 직원들이 할 수 없는 일을 스포츠라는 취미를 통해 형성된 개인적인 인맥으로 해결한 나는 여러 사람의 사업과 인생을 살린 셈이다.

아무리 좋은 인맥이라도 신용이 없으면 관계는 깨지게 된다. 특히 취미를 통해 형성된 인맥의 경우는 신용과 평판이 바뀌면 그 하나로 전체적인 인맥에 영향을 줄 수밖에 없다. 인맥을 유지하기 위해서는 신용이 가장 중요한 요소로 작용한다. 신용이란 한 개인의 평판과 자질, 도덕성, 전문능력과 자산을 모두 포함한 한 사람의 가치에 대한 믿음이다. 인맥을 형성하는 과정은 서로의 신용을 교환하는 절차나 다름없다. 인맥은 일방적인 호감으로 형성되는 것이 아니라 서로의 마음을 주고받는 관계에서 발전한다. 기브&테이크는 인간관계의 기본적인 속성이자 바람이기도 하다. 인맥은 주고받으면서 만족과 행복을 나누는 촘촘한 그물망이다. 나의 중국 친구들이 한국인을 도와줄 때마다 그들에게 고마움을 표현하고 식사자리를 자주 만들었지만 늘 무언가 미안하고 부족하다는 생각을 하고 있었다.

그러던 차에 그것을 갚을 기회가 생겼다. 2001년 10월 7일에 심양 우리허(五里河) 운동장에서 중국과 이란의 2002 한일월드컵

최종예선전이 열렸다. 중국은 이란을 상대로 극적인 승리를 거두었고 중국 축구 역사상 최초로 월드컵 진출권을 획득하였다. 심양시 체육국은 그날의 승리를 기념하기 위하여 그 운동장에서 월드컵진출 2주년기념 특별이벤트를 개최하기로 하였다. 특별이벤트에 필요한 비용 일부는 심양시에서 지원을 하기로 하였지만 연예인 초청 등 많은 비용이 소요되는 부분은 기업의 협찬을 받아서 진행하기로 하였다. 그런데 스폰서를 하기로 한 기업이 행사 보름 전에 자금사정으로 부도를 내는 바람에 심양시 체육국에 비상이 걸렸다. 큰 문제에 봉착한 심양시정부 친구들이 급히 나를 찾아와 이번에 한번 꼭 자기들을 도와달라고 간곡하게 부탁하였다. 나보고 월드컵 특별이벤트 행사의 후원을 맡아달라는 것이었다. 나는 그들과 회의를 마친 뒤에 새벽 4시까지 고민에 고민을 거듭했다. 비용도 큰 문제였지만 당시는 내가 속해 있던 기업의 이름을 쓰기가 참 난처한 상황이었다. 고민 끝에 나는 내 중국 친구들을 위해 내 개인 이름을 걸고 후원을 하기로 맘을 먹었다. 나는 내 이름을 내세우려고 한 것이 아니라 그동안 중국 친구들한테서 받은 은혜를 보답하는 차원에서 그들의 간곡한 제안을 수용하기로 한 것이다.

그렇게 해서 2003년 10월 7일에 '김봉웅배 한중 연예인축구대회 및 콘서트'라는 행사가 심양 우리허(五里河) 운동장에서 개최되었다. 행사는 성공적으로 치러졌다. 한국과 중국의 연예인 축구 경기와 콘서트를 보기 위하여 2만 8천 명의 심양 시민들이 입장권을 구매하고 운동장으로 몰려왔다. 이후 중국 친구들은 보답의 차원에서 내게 큰 사업거리를 만들어주기 위해 적극적으로 나서기 시작하였다. 이왕이면 더 큰 사업을 만들어주자는 분위기가 형성되었고 어느 날 내 인생은 골프장 사업이라는 새로운 도전을 시작하게 된다. 인맥의 힘이 내 인생의 물줄기를 전혀 새로운 방향으로 틀어버린 것이다.

5

동서그룹에서 배우다

대련생활 중에 동서그룹과 인연을 맺게 된 나는 심양 동서그룹식품회사의 주주이자 사장으로 발령을 받아 5년의 대련 생활을 뒤로 하고 심양(沈陽)으로 삶의 터전을 옮겼다. 심양에 현지 공장을 세우고 운영하는 것이 나에게 주어진 일이었다. 동서그룹과의 만남은 내 인생에 가장 잊을 수 없는 사건이었고 동서그룹 김상헌 회장은 아직도 내 인생의 롤모델로 남아 있다.

나는 심양 동서그룹 공장을 운영하면서 많은 것을 배우고 많은 것을 얻었다. 힘이 들 때마다, 고비가 올 때마다 김상헌 회장의 진심 어린 따뜻한 위로가 나를 다시 일으키고 다시 뛰게 만들곤 했다. 오늘날 동서그룹의 성장 비결은 직원을 대함에 있어 공적으로는 능력 위주로 차별 없이 인재를 대해주고, 사적으로는 개개인에 대한 배려를 아끼지 않으며 실수하더라도 인간적으로 도와주는 따뜻한 문화에 기반을 두고 있다고 생각한다. 나는 그런 문화를 배울 기회가 나에게 주어진 것을 늘 고맙게 생각한다. 대한민국에 김상헌 회장 같은 분들이 많다면 더욱 많은 기업의 투명성이 제고되고, 더욱 많은 사람이 일하는 보람을 느끼며, 기업인에 대한 존경이 더욱 커질 것이다.

내가 동서그룹의 현지법인 사장의 제안을 받고 나서 현지 공장의 입지를 결정해야 했는데 그 입지를 심양으로 정한 데에는 몇 가지 이유가 있었다. 1989년에 한국의 광운대학교와 중국 요녕(遼寧)대학교가 자매결연을 맺었다. 당시 광운대 총장이 심양에 와서 나에게 요녕대학 풍옥충 총장을 소개해 주었고 풍옥충 총장은 앞으로 나의 후견인이 되어주겠다고 했다. 그리고 풍옥충 총장의 소개로 요녕성 무수신 부성장이 나를 심양에 초청해서 요녕성의 수도이자 동북삼성의 중심인 심양에 대한 설명을 해주었다. 이 두 가지 요인이 모티브가 되어 동서그룹의 중국 공장의 입지를 심양으로 결정하게 되었다. 그때를 계기로 요녕대 풍옥충 총장과 요녕성 부성장을 역임한 무수신 심양시장과의 긴 인연이 시작되었다. 특히 나의 중국 멘토를 자처한 풍옥충 총장으로부터 많은 지원과 후원을 받아서 심양 생활을 순조롭게 할 수 있었다.

그러나 심양에 공장을 건설하는 일은 절대 쉽지 않았다. 생소한 법과 규정의 중국에서 공장허가를 받고 건설을 추진하는 데에는 적지 않은 어려움이 따랐다. 심양에서 이름 있는 큰 건설회사와 계약을 했는데 당시 모든 건설회사는 국영회사였고 대부분의 회사가 자금적으로 상당히 어려운 상황에 부닥쳐 있었다. 공사비를 선불로 지급하면서 공사를 독려했음에도 불구하고 공사는 수시로 지연되었다. 그로 인해 건설회사와 많이 싸워야 했고 그 과정에서 마음의 상처를 많이 받았다. 한동안은 본사로부터 내가 현지 건설회사로부터 리베이트를 받으려는 목적으로 현지 회사에 일방적으로 유리한 계약을 했다는 등의 오해까지 받았다. 말을 듣지 않는 건설회사와 본사 사이에서 나는 적지 않은 마음고생을 해야 했지만, 나중에 사실이 아닌 것으로 밝혀지면서 오해가 풀렸다. 나는 지금도 당시 2만 8천 제곱미터의 부지에

7천 제곱미터의 공장을 지으면서 어느 누구한테서도 10위안짜리 한 장 받지 않은 것을 자랑스럽게 생각한다.

어렵사리 공장을 완공한 후에 현지 직원을 공채로 뽑았다. 신입사원 채용과 교육은 한국의 기업문화를 중국에 이식하는 과정이었다. 주변에서 개인적으로 추천이 많이 들어왔지만 다 배제하고 공채를 통해 공정하게 직원을 선발하였다. 공채 1기는 515명이 지원하였고 필기시험과 면접을 거쳐 28명을 선발하였다. 공채를 통한 채용은 당시 심양에서는 획기적인 일이었는데 공채로 채용된 대부분의 직원은 회사에 자부심을 느껴 거의 이직하지 않고 끝까지 회사에 남아서 나중에는 회사의 핵심멤버로 성장을 했다. 이는 그때까지 중국 민영기업에서는 쉽게 볼 수 없는 일이었다. 당시 중국 젊은 인재들은 여기저기 더 좋은 일자리를 찾아다니느라 이직률이 매우 높았다.

나는 직원과의 소통에 최우선순위를 두기로 마음을 먹고 주말마다 어렵고 곤란한 사정이 있는 직원의 집을 자연스럽게 방문하면서 직원들과의 거리를 좁혀나갔다. 그리고 공장 사내식당을 뷔페식으로 운영하면서 식자재에 돈을 아끼지 않고 직원들에게 질 높은 음식을 제공하려고 노력하였다. 타 회사보다 20% 높은 급여를 보장하면서 직원의 인격을 존중하는 노력을 계속해 나가자 직원들의 불만과 불화가 없는 분위기가 조성되었고, 이는 곧바로 높은 생산성으로 연결되었다.

그리고 원자재 구매의 투명성을 강조하면서 모든 자재는 공개적인 입찰을 통해 구매토록 하였다. 당시 투명한 기업문화가 정착되지 않았던 중국의 상황에서 많은 유혹도 있었지만 내가 공개입찰을 초지일관 밀고 나가자 우리 회사와 거래하려면 오로지 품질과 경쟁력으로 해야 한다는 인식이 자연스럽게 정착되었다.

나는 대학을 졸업하자마자 바로 대련(大連)에서 무역업무를 시작하였기 때문에 한국 대기업의 문화를 잘 알지 못했다. 하지만 동서그룹에서 일을 하면서 본사의 유능한 참모들이 성심껏 도와줘서 한국 동서그룹의 문화를 현지에 빠르게 심고 뿌리 내릴 수 있었고 큰 시행착오 없이 공장을 안정적으로 운영할 수 있게 되었다. 나는 여기에 만족하지 않고 새로운 영업목표를 세우고 이를 달성하려고 열심히 노력했다. 중국이라는 거대한 시장에 커피문화를 정착시키고자 중국 전역을 돌아다니면서 대리점을 확보하려고 무진 애를 썼다.

새로운 문화가 중국에 쏟아져 오는 상황에서도 중국인들은 여전히 전통적인 차 문화를 선호하였고 좀처럼 커피를 입에 대지 않으려 했다. 나는 주변 사람들부터 한 명씩 커피의 맛을 알게 하느라 샘플 제품을 많이 제공해야만 했다. 한 사람의 커피 애호가가 만들어져야 주변에 전파가 되기 때문이었다. 때로는 같은 원료, 같은 품질의 제품인데도 한국 글자가 적힌 커피와 중국 글자가 적힌 커피가 맛이 차이가 난다는 항의도 들어왔다. 중국에서 커피 시장을 개척한다는 것은 황무지에 사과나무를 심는 것과 같은 고단한 일이었다. 어느 정도 세월이 흐르자 완강한 중국인들이 차츰 커피문화를 받아들이기 시작하였다. 요즘 들어 중국 거리마다 카페가 들어서는 것을 보면 당시 커피문화를 보급하고자 했던 노력과 고생들이 보람 있는 기억으로 되살아난다.

그때 내가 자랑하고 싶은 업무적인 성과가 하나 있다. 당시 외자기업으로서는 중국 최초로 중국 정부로부터 녹차수출 허가증을 받아낸 일이다. 중국의 녹차 수출은 소수의 중국 국영기업들만 가능했고 외자기업은 한 줌의 녹차조차 중국 밖으로 내보낼 수가 없었다. 불가능하기에 더욱 흥미를 느낀 나는 녹차수출쿼터를 따내기로 마음을 먹었다.

나는 북경과 상해를 직접 몸으로 뛰어다니면서 중국 관리를 한 사람 한 사람 만나 직접 설득해 나갔다. 당시 중국녹차수출회사는 생산지와 모종의 커넥션으로 연결되어 있었고 외국회사에서 녹차를 수입하려면 중국회사에서 제시한 몇 개의 샘플 중에서 선택이 가능할 뿐, 외국회사가 생산지에서 직접 품질이나 가격이 맞는 녹차를 골라 산다는 것은 불가능했다. 따라서 가격이 비싸졌고 원하는 만큼의 품질이 나오지 않았다.

중국은 화려하고 웅장한 문화를 자랑하는데 그 안에는 차 문화가 있다. 중국인의 자긍심의 밑바탕에는 세계 어느 나라보다 유구하고 다양한 차 문화의 유산이 존재한다. 손님이 찾아오면 신선한 차에 뜨거운 물을 넣고 우려서 정성스럽게 차를 대접하는 것이 일상화되었다. 나는 그런 중국 차 문화를 세계에 전파하려면 먼저 품질이 좋은 차를 외국에 수출해야 한다는 점을 중국 관리들에게 강조하며, 외자기업에 녹차수출 쿼터가 주어진다면 많은 투자가 직접 현지에 이루어질 것이고 생산자와 직접 계약 재배가 가능해서 저렴한 가격에 좋은 품질을 생산할 수 있으며 해외수출 시장을 확대할 수 있다는 점을 강조하였다.

이를 위해서는 중국 정부의 법과 규정을 바꾸는 것이 최선이지만 현실적으로 법을 바꾸는 것은 어려운 일이었다. 그래서 내가 그들에게 제안한 것은 외자기업이 중국 현지에서 직접 제조·가공한 제품에 대해서만은 본사에 납품할 수 있도록 허가를 해 달라는 것이었다. 그러면 현재의 법과 규정을 건드리지 않고도 수출이 가능했기 때문이다.

일개 외자기업이 중국 정부로부터 수출허가를 받는 것이 불가능하다고 했지만 나는 마침내 수출허가를 받아냈고 이후 나는 심양 공장에서 녹차 제품을 생산해서 한국과 일본으로 수출하기 시작하였다. 몸으로 부딪치고 끈질기게 협상을 하는 과정에서 나는 그들이 어떤 점에 관심이 있고 어떻게 설득해야 문제를 풀 수 있는지에 대한 해법을 발견하고, 그것을 바탕으로 끈질기게 설득하면서 마침내 원하는 결과를 만들었다. 그때의 성취감은 이루 말할 수 없었다.

나는 공장 앞의 논두렁을 내 개인 돈으로 빌려서 축구장으로 조성하였다. 물론 공장 내에 운동장이 있지만, 일반인도 이용하고 직원들이 쉬는 시간을 이용하여 축구를 즐기면서 단결력을 기르고 체력도 단련할 수 있도록 배려한 것이었다. 주말에는 그 운동장에서 심양세관, 상품검역국, 공안국 등 심양 정부기관 산하의 축구동호회와 한국기업인축구단, 한국유학생축구동호회 등이 정기적으로 만나 축구 교류를 가졌다. 축구경기가 끝나면 당시 심양의 한국인 타운으로 성장하던 서탑(西塔) 지역의 한국인 식당에서 뒤풀이를 하곤 했다. 이는 정부기관원들에게 한국음식을 자연스럽게 소개하는 계기가 되었고, 나중에는 그들 스스로 한국음식을 좋아하게 되었고 자기들끼리 서탑의 한국식당을 찾기에 이르렀다. 현지인들과의 축구 교류가 친한파를 만드는 동시에 서탑의 한인타운 발전에 적지 않은 이바지를 한 셈이다.

사람의 앞날은 알 수가 없다. 사람의 앞길에는 수많은 모퉁이가 있다. 그 모퉁이를 돌면 무슨 일이 생길지 아무도 모른다. 회사가 안정되자 정주할 줄 모르는 나의 본능이 꿈틀거렸다. 불확실하지만 희망적으로 생각하려고 하고, 무모하지만 도전을 하는 것이 나의 본능이다. 어느 날 나는 또 다른 모퉁이를 돌아 전혀 생소한 곳으로 떠나기로 맘을 먹는다. 중국 친구들의 적극적인 권유로 나는 중국에서 새롭게 부상하기 시작한 골프장 사업을 하기로 방향을 잡고 동서그룹을 그만두기에 이른다.

6

도전하는 자에게 기회가 온다

나의 삶은 2005년에 큰 전환점을 맞는다. 심양(沈陽)에서 10여 년간 동서그룹공장 사장으로 재직하면서 보람 가득한 삶을 살던 나는 인생의 새로운 도전을 하기로 맘을 먹었다. 앞에서 이야기한 것처럼 2003년 10월의 열린 한중 연예인축구대회를 계기로 심양의 정부 관료인 친구들이 나를 적극적으로 돕기에 나섰고, 당시 한창 태동을 시작하던 중국의 골프 붐을 고려하여 골프장 사업으로 방향을 정하고 요녕성(遼宁省) 일대에서 골프장에 적합한 부지를 물색하기 시작하였다.

심양 주위에는 이미 공장들이 많이 들어섰고 녹지로 묶인 지역들이 많아서 마땅한 부지를 확보하기가 쉽지 않았다. 그러던 중에 마침 심양의 인근 도시인 중국 안산시(鞍山市)의 교외 지역에 매화공원으로 조성하고 있던 적당한 부지를 발견하였다. 그 부지를 확보하기로 마음을 먹은 나는 현지 친구들을 통해 중국 안산시(鞍山市) 시장과 해당 부지를 관할하는 구청장을 소개받았다. 나는 그들에게 골프장 사업에 대한 나의 계획과 비전을 보여주면서 끈질긴 설득을 했고 그들은 나의 골프장 계획이 안산시(鞍山市)의 발전과 외자기업유치에 도움이 될 거라는 점에 동의하기에 이르렀다. 마침내 나는 중국 안산시(鞍山市) 시장과 구청장으로부터 시정부 차원에서 골프장 사업을 적극적으로 지원한다는 약속을 받아냈고 그 약속을 굳게 믿고 골프장 사업에 과감하게 뛰어들었다.

그 당시 중국에 건설되었거나 건설 중이던 골프장의 90% 이상은 중앙 정부의 정식허가를 받지 못한 상황에서 여러 가지 편법을 동원해서 운영하는 상황이었다. 중국정부의 규정에 따르면 집체 토지에는 골프장을 지을 수 없었다. 규정에 맞추려면 골프장은 건축용지나 상업용지에 지어야 하는데 이럴 경우 땅값도 비싸고 토지세가 엄청나게 많이 나와서 골프장 사업으로는 타산을 맞출 수가 없었기에 그런 땅에는 부동산 사업을 하는 것이 훨씬 채산성이 높았다. 이런 이유로 중국 지방정부는 지방경제의 활성화를 위해 지방정부의 자치권으로 허가를 받아 집체 토지에 골프장을 건설해서 운영하는 경우가 대부분이었다.

하지만 농민들의 토지보장과 생존권을 중시하는 중국 정부의 시각에 볼 때 골프장은 통제해야 할 대상이었다. 그래서 중앙정부의 관리들은 전국의 골프장을 대상으로 수시로 감찰을 했다. 중앙정부에서 검사가 나오면 지방정부에서는 해당 골프장에 미리 통보하여 며칠간 문을 닫게 하고 시장이 직접 해당 관리에게 로비를 펼쳐서 감찰을 무마했으며 일정한 시간이 지나서 또 중앙에서 검사가 나오면 다시 같은 방법을 되풀이하면서 중앙의 규제를 피해갔다. 대부분의 골프장이 그렇게 견디면서 중앙정부의 골프장 정책이 바뀌기를 기다리고 있었다.

때로는 집체 토지 위에 건설된 골프장을 둘러싸고 지방의 현지 기업들이 의도적으로 골프장 운영을 방해하는 경우도 있었다. 그들은 중앙의 언론과 미리 연락하고 현지의 농민들을 부추겨 민원을 일으키고 중앙정부에 호소하는 방법으로 중앙정부를 자극하여 결국 골프장을 문 닫게 만들기도 했다. 하지만 아무리 중앙정부의 허가를 정식으로 받지 않은 골프장이라도 지방에서는 골프장 운영 자체가 하늘의 별 따기였기 때문에 기존의 골프장 운영을 방해하여 결국 자기들이 헐값에 인수하거나 주택건설 등 다른 용도로 부지를 활용하려는 속셈을 가지고 있었다. 나 역시 골프장을 운영하는 동안에 늘 이런 문제에 봉착했고 그때마다 신속한 해결을 위해 모든 노력을 다해야 했다.

중국에서 외국인이 골프장 사업을 한다는 것은 보통 어려운 일이 아니고 돈과 권력이 있다고 해서 다 되는 것이 결코 아니란 걸 나는 잘 알고 있었다. 나는 남보다 중국을 더 잘 안다고 생각했고, 자금도 준비할 수 있었으며, 나를 적극적으로 도움을 주는 중국 간부와 지인들도 많았기에 나만은 할 수 있을 거라고 믿었다. 골프장 사업에 필요한 모든 것이 충족되어 있다고 판단한 나는 과감하게, 사실은 무모하게 골프장 사업을 시작한 것이다.

나는 골프장 사업을 계획대로 진행하려고 노력하였다. 한참 골프장을 건설하던 어느 날 중앙정부의 갑작스러운 명령으로 안산 매원골프구락부의 클럽하우스 6,800제곱미터와 골프연습장 건물 1,800제곱미터, 골프장 안에 건설 중이던 20여 세대의 고급빌라까지 졸지에 강제로 철거되는 일이 벌어졌다. 당시 중국에서는 전국적으로 골프장에 대한 매스컴의 부정적 여론이 비등해지고 있는 상황이라서 시정부의 로비가 먹히지 않았다. 시정부에서는 나에게 이번에는 중앙정부의 조치를 받아들일 수밖에 없으며, 이후에 시정부 차원에서 손실분을 보상하겠다고 약속을 해서 나는 받아들일 수밖에 없었다.

골프장 건설 과정에서 졸지에 기존 시설이 모두 철거되는 역경에 처했지만 안산시정부에서 골프장사업을 계속 추진하라는 제안을 받고 나는 금전적인 손실과 대외적인 이미지 손상을 극복하면서 다시 골프장 건설에 매달렸고 기공식이 열린 2년 후인 2007년 봄 마침내 18홀 규모의 안산매원골프구락부를 개장했다. 중국 안산지역의 유일한 골프장인 안산매원CC는 많은 이들의 성원으로 골프장 운영 노하우를 축적하면서 하루하루 발전해 나갔다.

나는 골프장을 시작하면서 골프장 운영 하나만을 염두에 두지 않았다. 하나의 기본 사업에 다른 아이디어와 비즈니스 시스템을 결합하고 발전시켜 나가야만 그 기업이 지속해서 성장할 수 있는 법이다. 남보다 더 잘하기 위해서는 남들이 하지 않는 획기적인 발상과 더 과감한 실천력이 요구된다. 골프장 영업이 안정적으로 발전하는 것을 확인한 나는 다음 단계로 한국의 모 방송사와 골프 비즈니스 업무 협약을 맺었다.

방송국과는 투어회원권 사업과 클럽하우스 내 골프 홍보관을 만들고 방송사에서 진행하는 해외대회를 유치해서 안산에서 치르는 것으로 사업의 윤곽을 잡았다. 그리고 합작사업의 첫 케이스로 방송사에서 진행하는 가족예능골프대회를 안산에서 하기로 하였다. 그런데 참가자들을 선정하고 비자까지 다 받아둔 상태에서 한국과의 합작사업을 눈치 챈 중앙정부에서 갑작스럽게 일주일의 영업정지를 통보하였다. 방송사 입장에서는 방송 스케줄까지 다 잡혀있는 상황이라서 정말 난감한 상황이었다. 나로서는 비록 예상치 못한 날벼락이었지만 계약대로 진행하지 못한 부분에 대해서는 내가 당연히 책임을 지고 손해배상을 해줘야 하는 상황이었다. 그런데 그 방송사에서는 이 상황을 불가항력이라고 이해했고 나에게 일체 책임을 묻지 않았다.

나로서는 작은 기업을 보호할 줄 아는 그 방송사가 참으로 고마웠다. 우리나라의 대기업은 보통 작은 기업을 짓누르고 압박해서 합병하려는 경우가 많은데 오히려 소기업이 어려울 때 도와주는 그 방송사의 아량과 동반자 철학을 다른 대기업들이 보고 배웠으면 한다.

나는 궁극적으로는 일개 골프장의 영역을 넘어서 커다란 골프 네트워크를 만들겠다는 꿈을 품고 있었다. 한중 50개 골프장을 모아 한중 비즈니스골프연맹을 만들어서 골프를 통한 인적 교류와 비즈니스적 교류를 동시에 활성화하겠다는 계획이었다. 나는 먼저 중국의 25개 골프장과 한국의 15개 골프장의 경영주가 참여한 한중 골프연맹 창립식을 제주도에서 치렀다. 한국과 중국의 골프 전문요원들을 상호 교환하고 연수를 함께하며 비시즌 동안에는 서로 인력의 활용하는 등의 실무적인 차원의 교류를 나누고 한국과 중국의 골프장 회원끼리도 서로 다양하게 교류할 수 있는 프로그램을 추진하기로 했다. 당시 한국은 골프 인구가 줄어드는 추세에 있었는데 중국 골프장에 가입된 회원을 한국 골프장 준회원으로 대우하면 많은 중국 골프애호가들이 한국에 와서 골프를 즐길 수 있고 그와 동시에 비즈니스를 할 수 있는 기회를 제공할 수 있었기 때문에 한중 골프연맹은 한국과 중국의 골프장이 서로 윈윈 할 수 있는 사업이라고 판단했다. 중국 골프장 회원은 한국과 달리 대기업 오너 위주로 구성이 되어 있으므로 한국의 투자사업도 소개하고 원하는 기업끼리 서로 사업아이템도 교환할 수 있는 등 비즈니스 교류의 시너지 효과가 상당하다.

그런데 이를 적극적으로 추진하는 와중에 나는 중국 정부로부터 아예 골프장 문을 닫으라는 압박을 본격적으로 받기 시작했고 다각도로 해결방법을 모색했음에도 불구하고 결국은 골프장을 현지 기업에 헐값에 매각해야만 했다. 따라서 한중 골프연맹이라는 염원도 미처 꽃피우지 못하고 접어야 했다. 나는 이것이 너무도 아쉽고 아쉬웠다. 고생하면서 만든 골프장을 넘겨줘야 하는 것도 마음이 아팠지만, 그 골프장을 통해 이루려고 한 궁극의 목표가 사라졌으니 허탈하기가 이루 말할 수 없는 지경이었다.

처음부터 안산(鞍山)시정부는 중앙정부의 규제와 철거 명령에 따른 보상을 약속하였지만 원래 그렇듯이 세월이 지나고 나면 약속은 무너지게 마련이다. 새로 부임한 신임시장은 골프장 상황에 대한 인수인계를 받고 그 역시 전임의 약속들을 지키려고 노력하는 모습을 보여주었다. 하지만 아무래도 약속한 당사자가 아닌 만큼 책임감의 깊이가 떨어졌고 그 역시 중앙정부의 칼날 같은 규제 앞에 곤란을 겪기는 마찬가지였다. 그 무렵 한국기업이 투자한 골프장 대부분이 중앙정부로부터 여러 통로로 각종 규제와 세금폭탄, 횡령비리 조사와 같은 강도 높은 압력에 무너졌다. 이에 피해를 본 골프장이 지방정부를 상대로 소송을 하기도 했지만, 중국에서 지방정부를 상대로 한국기업이 승소하기란 거의 불가능하고 그나마 유리한 상황이더라도 법원에서 판결을 계속 지연시키면서 아직 지루하게 소송이 진행되고 있는 경우도 있다.

그제야 나는 너무나 중요한 사실 하나를 깨닫게 되었다. 골프장뿐만 아니라 중국에서 어떤 사업을 하더라도, 아무리 친하고 믿을 만한 누군가가 소개를 하고 보장을 약속하더라도, 중앙정부의 정확한 법을 파악하지 않은 상태에서는 일을 벌여서는 안 된다는 것이다. 인맥을 동원하더라도 중앙정부와 지방정부의 모든 법과 규정을 알고 난 후에 필요한 부분에만 적절하게 인맥을 활용해야 한다는 것이다. 그래야 어떠한 상황에서도 법의 압박을 견딜 수 있다. 중국 정부가 거대한 대륙을 통치하기 위해서는 반드시 지방에 대한 강력한 통제가 필요하다. 이를 위해 중앙정부는 힘을 수시로 사용하면서 지방을 통치한다. 지방정부 책임자 말만 믿어서는 나중에 어떤 일이 벌어질지 모른다. 나 역시 이 부분을 소홀하게 생각하고 지방정부의 약속을 너무 믿다 보니 결국엔 모든 것을 잃게 되는 상황까지 이르게 된 것이다.

그래도 나에게는 남은 것이 있었다. 지금도 우정을 나누고 있는 중국 친구들이다. 고백하건대 나는 살아오면서 어떠한 일이 있어도 사람한테만큼은 투자하려고 늘 노력을 기울였다. 나는 중국 현지인들한테 나의 속마음을 주려고 했다. 중국 생활을 시작하면서 사귀었던 그 친구들이 세월이 지나면서 높은 자리에 오르고 비중 있는 관료가 되고 시장이 되고 장관급 인사가 되고 대기업의 경영자가 되었다. 내가 현지에서 익힌 중국어로 그들과 직접 대화를 하면서 허물없이 우정과 신뢰를 키웠다. 나는 특히 그들이 어려운 일을 당하거나 가족이 상을 당할 때는 어떤 일이 있어도 쫓아가서 그들과 슬픔을 함께 나누었다. 평소에 자주 만나 술과 음식을 함께하는 것도 중요하지만 그들이 정말 어려웠을 때 끝까지 함께할 수 있는 마음가짐을 보여주니까 그들은 나를 자기의 가족이라고 생각하고 받아들였다.

나는 골프장의 실패를 뒤로하고 다시 한국으로 돌아왔다. 그들은 나더러 중국의 한국투자를 유치하는 사업을 하라고 적극적으로 권유하였고 직접 발 벗고 나서서 사업연결을 해주었다. 그들의 지원으로 한국에 온 뒤 많은 사업을 연결했고 진행할 수 있었다. 그러나 나는 사드 배치라는 한국정부의 갑작스러운 결정으로 대중국 비즈니스가 일시에 중단되는 재앙을 고스란히 맞아야 했다. 또 하나의 시련이 나에게 닥친 것이다.

하지만 나는 이 상황을 일시적인 것으로 생각하고 묵묵히 견디면서 조만간에 사드 사태가 해결되어 한국과 중국의 비즈니스가 다시 열리기를 중국친구들과 함께 기다리고 있다. 나는 비록 중국 정부의 법과 규정을 무시한 대가로 나의 모든 것을 투입한 골프장을 잃었지만, 나에게는 한 사람 한 사람이 그 골프장의 가치를 넘어서는 소중한 친구들이 있기에 여전히 희망과 기회가 있다는 것을 믿고 있다.

6-1. 안산골프구락부 개장 인터뷰 기사

내가 당시 골프장을 오픈하면서 얼마나 많은 기대를 품었는지 그리고 골프장 건설을 위해 얼마나 큰 노력을 쏟았는지에 대해서는 당시 한인회 매거진에 소개되었던 골프장 개장 인터뷰 기사에 잘 나와 있다. 그 기사 전문을 소개하고자 한다.

바람 앞에 서다-김봉웅 안산CC 동사장

안산CC의 18번 홀은 안산골프장의 미려한 18개 코스 중에서도 가장 인상 깊은 랜드마크 코스이다. 그곳에 서면 안산CC의 전경이 파노라마처럼 눈앞에 펼쳐진다. 안산CC 김봉웅 동사장은 18번 홀에 서서 드넓게 펼쳐진 페어웨이를 바라보았다.

순간 그의 눈에는 지난 3년의 시간이 페어웨이 위로 하나씩 오버랩되면서 지나갔다. 한줄기 서늘한 바람이 계곡을 타고 불어왔다. 땀방울이 식어간다. 이제 한고비를 넘겼다. 안산CC가 드디어 18홀 전 코스를 개장하고 정식으로 영업을 시작한 것이다.

전날 김봉웅 동사장은 18홀 개장기념으로 회원들을 무료 라운딩에 초청하여 열린 제1회 안산CC 회원의 날 골프대회를 성공적으로 치렀다. 김봉웅 동사장은 이날 만찬석상의 인사말에서 "그

동안 믿고 기다려준 회원님들께 너무 감사하다. 솔직히 말하자면 한때는 너무나 고통스러워서 13층 건물에서 뛰어내리고 싶은 순간도 있었다"면서 그동안의 어려움과 심적 고통을 내비쳤다. 그러면서 "앞으로 안산CC를 최고의 골프장으로 발전시키는 것이 바로 회원님들에게 기다림에 보답하고 실질적으로 회원에게 이익을 드리는 길이라고 생각한다"고 말하였다.

사실 처음의 예상과는 달리 18홀 개장에 너무나 많은 시간과 자금이 소요되었다. 개장이 늦어지면서 온갖 나쁜 소문에 시달려야 했다. 합작이나 투자유치 등의 비교적 쉬운 방법을 택할 수도 있었으나, 김봉웅 동사장은 오기로 버티었다. 처음에 시작할 때 주위에 한 약속들을 꼭 지키고 싶었다. 처음 설계단계에서 비오이엔씨의 최재혁 소장이 김봉웅 동사장에게 물었다.

"솔직히 말해 달라. 외형적으로 근사하게 빨리 만들어 되팔기 위한 골프장을 만들 것인가 아니면 평생 골프장을 경영하면서 명문으로 가꿔나갈 것인가?"

순간 김봉웅 동사장은 많이 주저하였다. 최재혁 소장은 처음 중국 안산에 와서 골프상 부시를 둘러보면서 정말 완벽한 골프장의 입지조건을 갖춘 곳이라고 평가를 하였다. 낮게 이어지는 구릉과 연못, 작은 계곡들을 바라보는 그의 머릿속엔 완벽한 골프장이 그려지고 있었다. 마치 조각가가 돌을 보면서 그 안에 들어있는 형상들을 상상해내는 것과 마찬가지다.

최재혁 소장은 처음부터 안산CC를 만들 때 국제경기를 치를 수 있는 골프장을 염두에 두었고 김봉웅 동사장에게도 이왕 만들 거면 그런 수준으로 만들어야 한다고 강조를 하였다. 사실 자금이 넉넉지 않은 상황이었지만 곧 최재혁 소장에게 안산CC를 최고의 명문골프장으로 키워나갈 수 있도록 설계를 해달라고 부탁을 하였다. 김봉웅 동사장은 설계자의 의도를 충분히 이해하고 받아들였다.

하지만 그때부터 현실적인 고통과 고생이 시작되었다. 최재혁 소장은 국제경기장 규격 이상으로 일반골프장에 비교해서 넓고 길게 설계를 시작하였다. 공사비는 일반적인 18홀 건설비용의 두 배가 훨씬 넘어버렸고 공사가 늦어지는 원인이 되었다. 김봉웅 동사장은 추가자금을 모집하는 일로 늘 골머리를 앓아야 했다. 게다가 초기에 안산시정부와의 토지문제가 약속대로 잘 진행이 되지 않아 아까운 시간을 속수무책으로 흘러버려야 했다. 회원들을 위하여 아쉬운 대로 9홀을 먼저 개장하였지만, 관리비용만 더 들어갈 뿐이었다.

올 6월, 긴 산고 끝에 드디어 안산CC가 18홀 코스를 개장하였다. 안산CC의 길고 넓은 페어웨이에서 마음껏 휘두를 수 있는 풀 샷은 기존 선양지역의 골프장에서 시도할 수 없었던 통쾌함을 안겨주었다. 매 홀마다 독특한 콘셉트로 설계된 변화무쌍한 코스는 골퍼들로 하여금 매번 드라마틱한 도전의식을 불러일으킨다는 입소문이 돌기 시작하였다. 직접 라운딩을 해본 프로들은 이구동성으로 안산CC의 코스야말로 진정한 골퍼를 위한 정통적인 코스라고 인정을 하였다.

잔디 상태가 속속 정상화되면서 코스의 진가가 발휘하기 시작하였다. 이제까지 반신반의하던 회원들이 누구보다도 18홀의 개장을 환영하면서 한동안 잊고 지내던 회원카드를 챙기기 시작하였다. 18홀 코스의 티박스로 불어오는 바람을 맞으면서 그에게 18홀 개장 소감을 물었다.

"저희 안산CC(중국안산매원골프클럽)가 이제야 18홀 전 코스와 클럽하우스를 오픈하면서 정식 영업을 시작하게 되었습니다. 개인적으로도 감개가 무량하지만 오랜 시간 동안 안산CC를 곁에서 묵묵히 기다려주시고 격려를 해주신 모든 회원 여러분께 진심으로 감사를 드립니다. 솔직히 말하자면 미처 모든 준비가 완료되지 않은 상황에서 의욕을 가지고 먼저 앞서서 일을 진행하다 보니 생각만큼 공사가 뒤따르지 못하였던 것은 사실이었습니다. 또한 일반적인 골프장 수준이 아니라 동북3성에서 최고로 훌륭한 골프장을 만들겠다는 목표를 고집하다 보니 어려움이 가중되었습니다.

안산CC는 타 구장에 비해 넓은 페어웨이와 자연과 어우러진 변화무쌍한 코스를 가지고 있습니다. 지금 당장은 아직 완벽하지 않은 부분들이 많이 있지만, 세월이 지날수록 안산CC는 명품골프장으로 진화할 수 있는 기본적인 조건을 충분히 갖추었다고 감히 자신합니다. 지금 중국에서는 골프장이 많이 들어서고 있지만, 저희 안산CC만큼 통쾌한 골프, 진정한 골프를 즐길 수 있는 곳은 그리 많지 않습니다. 안산CC는 골프 그 자체를 즐길 수 있도록 치밀하게 설계된 수준 높은 골프장입니다. 안산CC의 장점은 이곳에서 직접 라운딩을 한 프로들의 평가에서 확인하실 수 있습니다."

베이징의 어느 골프장의 클럽하우스에 앉아 식사하던 중년 남녀 8명 중 한 명이 퀴즈를 냈다.

"앉아서 하는 것 가운데 가장 재미있는 것은 마작이다. 그럼 서서 하는 것 중 가장 재미있는 것은 뭘까?" 여러 사람이 고개를 갸우뚱거리다가 한 여자가 "골프!"라고 말하자 모두들 맞다며 박수를 쳤다. 그리고 골프 이야기는 끊이질 않았다.

급속한 경제 발전에 힘입어 중국의 골프 인구는 지금 기하급수적으로 증가하고 있다. 베이징만 하더라도 2006년 42개였던 골프장이 올 들어 50여 개로 늘었다. 전국 골프장 수는 350여 개에 이르며 300만 명 이상이 정기적으로 골프장을 찾고 있다고 한다. 북경의 한 골프연습장 직원은 "몇 년 전엔 이곳을 찾는 사람 중 80%가 외국인이었는데 지금은 절반 이상이 중국사람"이라고 말했다. 중국 언론들은 골프 인구가 급증하는 현상을 두고 '녹색 아편의 습격'이라고 부르기도 한다.

골프는 몇 년 전만 해도 13억 중국인들에게 낯선 운동이었다. 하지만 급속도로 경제가 발전하면서 골프 수요가 급증하고 있다. 최근 북경에서는 한국인을 대상으로 한 마케팅을 전혀 하지 않고 있다고 한다. 5~6년 전만 해도 회원권을 분양할 때 최대 타깃은 한국인을 비롯한 외국인이었다. 그러나 요즘은 중국사람만으로도 회원모집이 충분해 외국인을 굳이 애써 받을 이유가 없다고 한다.

중국인들이 불편해한다는 이유로 외국 사람이 회원으로 등록하는 것을 꺼리는 클럽도 있다. 그만큼 중국인 사이에 골프 수요가 늘고 있다는 뜻이기도 하다. 그러나 북경과 동북 3성외 상황이 똑같지 않을 것이다. 많은 한국사람들은 중국골프장의 회원권 가치에 대해서 궁금하게 생각한다. 김봉웅 동사장에게 그 점에 관해서 물어보았다.

"지금 중국에서는 골프바람이 불고 있습니다. 이곳 안산에서도 중국 골퍼들이 급속하게 늘어나고 있습니다. 사업적으로 성공한 사람들이 몰려들고, 또 이런 그룹에 끼어야만 행세할 수 있다는 인식이 퍼지면서 골프에 대한 관심이 폭발적으로 증가하고 있습니다. 안산CC는 알부자들이 많은 안산과 해성지역의 유일한 골프장입니다. 따라서 골프장이 난립한 지역보다 훨씬 가치가 큽니다. 안산의 골퍼들은 이 사실을 잘 알고 있습니다.

저는 회원 여러분께는 회원권 금액 이상의 가치를 드릴 것을 약속합니다. 골프장의 값어치는 단순한 외형의 아름다움에 있지 않습니다. 골프장의 진정한 가치는 골프를 즐기는 회원들의 코스에 대한 자부심으로 이루어집니다. 골프장은 골프코스로서 평가를 받는 법입니다. 안산CC는 시간이 갈수록 골프장 자체의 매력으로 가치가 상승하는, 진정한 명품골프장의 자격을 갖추고 있습니다.

안산CC는 조만간 모든 골퍼가 회원권을 보유하고 싶은 골프장이 될 것입니다. 회원들이 골프장에 대해 자부심을 느끼고 회원권을 양도할 생각이 없다면 골프장의 가치는 자연스럽게 올라가는 겁니다. 안산CC는 골프코스다운 코스가 제대로 자리 잡은 진정한 골프

장이기 때문에 투자 여부를 떠나서라도 'Must Buy, Must Seize'해
야 하는 블루칩 자산입니다."

안산CC는 골프코스 이외에도 여러 가지 관광 인프라가 잘 배
치가 되어 있다. 안산은 탕강자 온천과 천산으로 전국적으로 유
명한 곳이다. 골퍼들로서는 골프와 함께 온천을 즐길 수 있다는
것은 큰 장점이다. 탕강자 온천은 천연라듐 온천으로서 중국에
서도 손꼽히는 유명한 휴양지구이다. 또한 안산시는 안산철강
등을 보유한 경제도시이다. 안산CC는 안산지역 유일의 골프장이
라는 자부심을 가질 만하다.

"잘 아시다시피 지금 중국은 경제회복과 함께 폭발적으로 골프
인구가 증가하고 있습니다. 골프 산업의 규모와 파급효과는 결코 적
지 않습니다. 안산CC가 안산의 지역경제에 이바지하는 부분이 커
질 것으로 예상하고 있습니다. 골프장은 사람과 돈을 움직이게 하는
파급력을 가지고 있습니다. 안산은 아직 외자유치가 활발하지 않은
지역입니다만 천산, 옥불원 등 안산의 천혜 관광자원과 탕강자 온천
과 결합하면 안산의 골프 산업 역시 폭발적으로 발전하리라 생각합
니다.
국제적인 규모의 레저인프라가 상대적으로 부족한 안산에서 안

산CC의 역할은 매우 중요하다고 생각하고 있습니다. 안산시가 국제적인 도시로 성장하기 위해서도 국제 비즈니스 스포츠인 골프의 활성화가 필요합니다. 다행히 안산과 인근 지역의 골프 붐이 본격적으로 붐이 일고 있습니다. 이는 안산CC와 회원들에게도 매우 유리한 환경입니다. 안산CC는 지역에서 유일한 골프장으로서 그 가치는 날이 갈수록 더욱 높아질 전망입니다."

골프가 한 홀로 끝나는 게임이 아닌 것처럼 골프장도 개장만 하면 저절로 되는 사업이 아니다. 골프코스는 인생과 비슷하다. 코스 곳곳에 배치된 업다운과 벙커, 해저드, 작은 성공과 실패들이 이어지면서 하나의 게임이 완성된다. 그 흐름은 서로 유기적인 관계를 가지고 있고 골퍼들은 그런 흐름을 즐기고 사랑한다. 그 흐름에는 무형의 서비스와 경영 정신도 포함이 된다. 명문골프장일수록 그런 보이지 않은 부분에 많은 투자와 노력이 투입된다. 안산CC가 앞으로 노력할 부분이 바로 이런 흐름을 원활하게 그리고 늘 신선하게 유지하는 것이다. 그의 생각은 어떨까?

"이제 18홀 영업이 시작되었지만 앞으로 제가 해야 할 일이 여전히 많다는 것을 잘 알고 있습니다. 저의 목표는 골프코스와 부대시설을 통하여 회원에게 진정한 자부심을 제공하는 것입니다. 이를 위해서 안산CC의 전 임직원이 골프코스 관리와 서비스체계, 부대시설, 운영 등 모든 분야에서 최고의 서비스를 제공하기 위하여 열심히 공부하고 노력하고 있습니다.

지금까지 어려운 과정을 묵묵히 지켜보면서 따스한 격려와 위로의 말을 건네준 회원분들에게 다시 한번 감사를 드립니다. 안산CC의 발전이 여러분들의 사업발전에도 기여하고 안산CC의 성장의 열매가 당연히 여러분에게 골고루 돌아가는 골프장이 되도록 최선을 다하겠습니다. 정말 고맙습니다."

안산CC에서 드디어 18홀 정식 플레이가 펼쳐지기 시작하였다. 회원을 위한 골프장, 회원의 이익을 우선하는 골프장, 성공을 회원과 함께 나누는 골프장, 회원의 인생을 함께 명문으로 만들겠다는 김봉웅 동사장의 꿈도 이제 막 티업을 시작한 셈이다. 그 공이 페어웨이에 안착할지 아니면 혹이나 슬라이스가 나서 OB지역이나 해저드에 빠질지 그 궤적을 관심 있게 지켜볼 일이다. 18번 홀에서 발길을 돌리는 순간, 계곡의 경사면에서 불어오는 서늘한 바람이 페어웨이 쪽으로 방향을 바꾸고 있었다.

글·사진: 김영우 (심양한국인회편집위원장)

7

용감한 신세계

나는 호기심이 많고, 뭐든지 일을 만드는 것을 좋아하며, 할 수 있는 것은 다 해봐야 직성이 풀리는 성격이다. 그래서 이것저것 엉뚱한 시도를 많이 하고 그 와중에 실패도 많이 한다. 이런 나에게 중국은 새로운 것을 경험하고 도전하기에 딱 맞는 곳이고, 한국에서는 할 수 없는 많은 것을 경험할 수 있는 특별한 곳이다. 나에게 중국은 무슨 일이 벌어질지 모르는 '용감한 신세계'였다.

내가 이십 년 넘게 생활한 중국 요녕성(遼寧省) 심양(沈陽)은 중국 한족과 만주족, 조선족과 개방 이후 몰려든 한국인들이 모여 살고 있고, 북한에서 파견된 일꾼들과 북한출신 조교들도 다른 도시에 비해 많이 거주하고 있는 곳이다. 그중에서도 유명한 코리아타운인 서탑(西塔)은 조선족과 한국인, 북한사람들이 밀집해 있는 곳이다. 1995년 조선족 마을이었던 서탑(西塔)에 한국식당이 하나둘 들어서더니 이후 수십 개의 한국식당이 폭발적으로 문을 열었고 이에 뒤질세라 북한식당도 6~7개 문을 열었다.

IMF 이후 한국사람들이 중국으로 몰려오면서 서탑(西塔) 거리는 갑자기 북적거리기 시작하였다. 북한식당에서 틀어놓은 '반갑습니다'라는 노래가 온종일 서탑 거리에 울려 퍼졌다. 종일 똑같은 노래를 반복적으로 듣다 보니 너무 지겹다고 사람들이 불평하고, 심지어는 서탑 파출소에 신고까지 하는 상황이었다. 게다가 당시 서탑은 백두산 관광길에 오른 한국관광객들이 중간에 거쳐 가는 곳이어서 서탑거리가 온통 한국사람들로 붐빌 정도였다. 당시에는 북한에서도 탈북자들이 많았는데 많은 이들이 서탑으로 몰려와서 한국인에게 도움을 청하는 경우도 많았다. 심지어는 북한에서 온 것처럼 꾸민 중국 아이들이 한국관광객들의 바지를 붙잡고 늘어지면서 동냥을 하는 일도 다반사였다.

당시 나는 비즈니스를 위해 서탑 거리에 있는 북한식당을 자주 이용하였다. 한국에서 온 손님이나 중국인 친구들을 대접하기엔 북한식당이 안성맞춤이었다. 한국식당과 비슷한 가격에 북한 종업원들의 노래와 춤, 악기 연주와 살랑거리는 미소, 그리고 은쟁반에 옥구슬 굴러가는 듯한 말투는 꽤 신선하고 매력적이었다. 북한 종업원들은 서탑의 아파트에서 단체로 생활을 했는데 그들은 절대 혼자 다니는 법이 없이 단체로 몰려다녔다. 아파트 안에서도 마찬가지였다. 둘이서 외출할 때는 두 사람이 팔짱을 꼭 끼고 다녔다. 그것이 그들의 생활규칙인 것 같았다.

북한식당에 자주 가다 보니 북한 종업원들이 더 반갑게 맞아주었고 나중에는 통성명하고 오빠 동생처럼 친하게 지내는 사이가 되었다. 그렇다고 어떤 로맨스를 상상하거나 기대하지는 마시라. 남북 상황은 중국에서조차 규정된 이상의 접촉을 허용하지 않았다. 간혹 들리는 소문에 한국인과 눈이 맞은 북한 종업원이 함께 도망을 갔다가 발각이 되었다는 이야기가 들려오기도 했는데 사랑이 뭐라고 금지된 사랑을 구태여 목숨 걸고 할 필요가 있을까 싶었다. 나는 평양에서 온 그들의 맑게 빛나는 미소와 수준 높은 공연을 보는 것만으로 충분히 즐겁고 만족스러웠다.

내가 심양 인근 도시인 안산(鞍山)에서 골프장의 문을 열려는 그때 즈음에 그곳에도 안산 최초의 북한식당이 함께 문을 열었다. 당시 안산에는 한국식당이 몇 군데밖에 없었던 터라 북한식당은 당연히 우리 골프장의 단골 식당이 될 수밖에 없었다. 중국의 북한식당은 주로 현지 중국인이 투자하고 북한 측에서는 예술단 출신의 종업원과 주방장을 보내어 매출 일부만 받는 식으로 계약을 하고 영업을 한다. 대도시에서는 더러 북한에서 직접 투자하고 직영하는 곳도 있지만, 중소도시에서는 중국인이 자본을 투자하고 북한은 인력을 제공하는 형식으로 식당을 운영하는 곳이 대부분이었다.

그런데 우리 골프장이 중앙정부의 규제로 자주 문을 닫는 일이 벌어지자 북한식당의 운영도 들쭉날쭉 할 수밖에 없었다. 안산은 한국기업들도 별로 없고 한국관광객도 없는 곳이다 보니 골프장이 영업을 중지하면 북한식당도 손님이 뚝 떨어질 수밖에 없는 상황이었다. 도무지 수지가 맞지 않자 중국인 사장이 결국 영업을 포기하고 문을 닫기에 이른다. 북한 종업원들이 다시 북한으로 돌아가야 하는 상황이 된 것이다.

북한 종업원은 보통 2년에서 3년 동안 해외에서 일하고 다시 본국으로 돌아간다. 해외에서 근무하려면 든든한 성분과 배경과 재능과 미모가 있어야 한다. 그런데 그들이 예상보다 일찍 짐을 싸서 돌아가야 하는 상황이 되었으니 괜히 내가 미안하고 측은한 마음이 들었다. 그래서 귀국하기 전날에 환송식을 해주기로 했다. 한국친구 몇 명과 함께 심양의 해산물 시장에 가서 얼굴 크기만 한 전복과 팔뚝만 한 바닷가재를 잔뜩 사 들고 안산의 북한식당으로 향했다. 당시는 중국인들이 해산물 가격이 급등하기 바로 전이라서 커다란 전복과 바닷가재를 비교적 저렴하게 구입할 수 있었다. 그다음 해가 되자 해산물에 맛을 들인 중국인들이 급격하게 늘면서 해산물 가격도 엄청나게 올랐다.

환송식 날 저녁, 이별 만찬은 우리가 직접 준비했다. 전복을 썰어서 회와 소금구이를 만들고 바닷가재를 푹 쪄서 안주를 만들었다. 북한 주방장은 주방에서 마지막 남은 북한 김치를 내왔다. 우리는 석별의 아쉬움을 술과 노래로 달랬다. 나와 내 친구들은 그들에게 약간의 팁을 몰래 건네주었다. 북한식당에서는 공개적인 장소뿐만 아니라 개인적으로도 팁을 받으면 개인이 챙길 수 없고 모두 관리주임에게 보고하고 공개적인 수입으로 처리한다. 그런데 그들은 3년이란 기간도 채우지 못한 채 다음날이면 거의 빈손으로 북한에 돌아가서 언제 다시 해외에 돈벌이를 나올지는 알 수가 없었다. 그런 상황인지라 우리는 이심전심으로 조금이라도 챙겨주고 싶은 마음에 남들 눈을 피해 팁을 건네준 것이다.

그다음 해에 나에게 평양에 갈 공식적인 기회가 생겼다. 평양에 도착한 후에 중국 안산의 북한식당 종업원의 소식을 수소문해봤는데 마침 우리 일정 중에 그 식당 종업원이 근무하는 민족식당이 포함돼 있어서 자연스럽게 만날 수 있었다. 짧은 만남을 뒤로하고 평양을 떠나올 때는 무언가 아쉬움이 내 마음속으로 흘러갔다. 지금도 텔레비전에서 북한 응원단이나 북한 공연단 소식을 접할 때면 심양과 안산에서 만났던 북한식당 종업원들이 잘살고 있는지 궁금해지곤 한다.

8

내가 생각하는 중국과 중국인

14억 인구와 한반도의 44배에 이르는 중국을 짧은 시간에 이해하고 파악한다는 것은 무척이나 어려운 일이다. 나는 25년 중국 생활을 통해 그들과 어울리고 일을 하는 과정에서 중국이 어떤 나라인지 조금씩 알게 되었다. 아직도 나는 중국에 대해서 모르는 것이 너무나 많다. 특히 근래 들어 경제의 급속한 발전과 사회적인 변화, 정치체제의 개혁을 통해 세계의 군사 경제 대국으로 우뚝 굴기한 중국의 급속하고 화려한 변신은 지켜보는 것만으로도 어지러울 지경이다. 그러나 중국에 관심이 있는 많은 분들이 중국을 이해하는 데 조금이나마 도움이 되고자 하는 마음으로 내가 그동안 경험한 중국을 이야기하고자 한다.

• 중국의 통치방식

내가 언젠가 한 번 보리를 구입하려고 흑룡강(黑龍江)에 있는 농장에 간 적이 있다. 하나의 농장이 경기도만 한 크기의 농장이었는데 여덟 시간을 자동차로 달려도 끝이 안 보일 정도로 땅이 넓다. 마을 이름도 무슨 무슨 농장 식이고 그 농장의 산하에는 대대가 있으며 대대 밑에는 중대, 소대 등으로 마을이 나누어진다. 농장은 자체적으로 농장 대표와 서기를 두고 있고 농장 산하에 식품검역국, 경찰과 공상국이 있어 마치 하나의 작은 나라처럼 보였다. 농장은 자치주 형식으로 운영이 되고 있었다. 농장 자체적으로 대표를 뽑고 서기를 뽑는데 투표권이 직책마다 다르다.

가령 국장급의 직책은 5개의 투표권이 있고, 일반 간부는 1개의 투표권이 있는 식이다. 결국은 중앙정부에서 지정하는 사람이 대표로 뽑히게 되고 그 밑에 있는 사람들도 중앙의 입김이 작용하는 인사구조로 운영이 될 수밖에 없었다. 나는 그 농장에서 모든 것이 중앙의 통제하에 일사불란하게 움직이고 있는 것을 보았다. 이렇게 하나의 농장 운영에서도 알 수 있듯이 중국의 모든 지방조직이나 단위는 형식 자체는 자치를 표방하지만 철두철미하게 중앙의 통제하에 움직여진다는 사실이다. 이것이 중국이 거대한 땅덩어리와 50여 개 소수민족을 다스리는 방식이다.

중국은 워낙 땅이 넓고 동서남북 각 지역의 소수민족마다 독특한 문화적인 특성이 있다. 예를 들면 추운 지역에서 사는 동북 삼성 사람들은 술을 잘 마시고 호쾌한 반면에 더운 지역에서 사는 남방 사람은 차를 많이 마시고 꼼꼼하다. 각 지역은 고유한 전통문화가 있는데 중앙정부에서는 민족과 지역적인 특성을 최대한 살리고 소수민족의 자치권을 부여하지만, 내부적으로는 흑룡강 농장을 경영하는 방식으로 각 소수민족을 통치하고 있다.

중국의 가장 큰 명절은 춘절(春節)이다. 우리의 설 명절과 같이 춘절 연휴에는 중국 전역에서 고향을 찾는 13억 인구의 민족 대이동이 이뤄진다. 춘절은 폭죽을 터뜨려 악귀를 쫓는 풍습이 절정을 이루는 시기인데, 정월 초하루가 시작되는 0시부터 요란하게 폭죽을 터뜨리기 시작해서 대보름 자정까지 15일 동안 밤낮을 쉬지 않고 계속 폭죽놀이가 이어진다.

춘절의 폭죽놀이는 그야말로 장관이다. 온 도시가 매캐한 화약 연기에 잠겨 마치 전쟁이 일어난 것 같고, 보름 동안 폭죽 터지는 소리에 잠을 잘 수 없는 지경이 된다. 아파트에서 밖을 내다보면 밤하늘에 온갖 화려한 불꽃이 터지고 심지어는 아파트 베란다 바로 앞에서 불꽃이 펑펑 터지는 장관도 볼 수 있다. 거리에는 마치 붉은 페인트를 쏟아부은 듯한 붉은 색의 잔해들이 수북하게 쌓인다.

당연히 폭죽 관련 사고가 예전부터 끊임없이 발생해왔는데 근래 들어서는 춘절 기간 동안 스모그 발생과 화재 예방 차원에서 폭죽 사용을 제한하고 불법 폭죽에 대한 단속을 강화하고 있다. 그러나 중국 정부는 폭죽놀이를 자체를 완전히 금지하지 않고 안전관리 강화에 중점을 쏟는다. 중국 정부는 민족 최대 명절인 춘절 기간에 시민들이 최대한 많은 시간을 할애해서 가족 간 우애, 민족적인 우애를 나누고 즐기도록 배려하는 목적으로 합법적인 범위 안에서 폭죽놀이를 장려한다.

온 도시를 매캐한 연기투성이로 만드는 폭죽은 건강에 매우 좋지 않다. 한국 같으면 환경단체들이 들고 일어나 폭죽을 금지하자는 반대 활동이 거세게 일었을 것이고 결국은 벌써 금지가 돼야 할 일이다. 중국도 환경적인 관점에서는 당연히 없애야 한다는 것을 잘 알면서도, 전통을 금지하는 데 따른 반발과 중국의 일체화에 대한 손상을 염려해서 많은 부작용에도 불구하고 중국전통 풍습인 폭죽놀이를 지키려고 한다. 중국은 통제가 많은 나라이지만 내부적으로는 사람을 우선시하는 정책을 의외로 많이 시행한다. 공산당의 통치체제가 무너지지 않으려면 가장 근본이 되는 농민, 인민, 소수민족의 마음을 사는 정책을 계속 유지할 필요가 있다. 춘절의 폭죽놀이 역시 13억 인구가 중국민족이라는 일체감을 조성하고 공유하는 좋은 기회이기 때문에 많은 부작용과 사고의 위험성에도 불구하고 존속하는 것이라고 나는 생각한다.

• 중국의 공산당과 동지의식으로 이루어진 나라다

한국에서 대통령이 대국민담화를 할 때는 "존경하는 국민 여러분"으로 시작한다. 그런데 중국에서는 "동지 여러분(同志們)"으로 시작한다. 이건 대단히 차원이 다른 사고방식이다. 중국 권력자는 인민을 국가권력의 지배 대상이 아니라 뜻을 같이하는 동반자의 반열로 올려 대우하는 것이다.

중국인은 중국이라는 거대한 대국을 보존하기 위해 중화사상과 자존심을 고취한다. 중국의 예술은 애국심을 주제로 한 작품이 많으며 이것들이 실제로 많은 관심을 받고 흥행을 이룬다. 중국의 애국심과 한국의 애국심에는 작지 않은 차이가 있다. 중국인은 이전부터 한국인의 애국심을 대단히 부럽게 생각해왔다. 조그만 나라인 한국의 눈부신 경제성장이나 88올림픽의 성공, 월드컵 4강 신화 등이 애국심에서 이루어진 것으로 평가한다. 근래 들어 급속한 경제 발전을 이뤄낸 중국은 이제 애국심이란 면에서도 한국과 경쟁하고 한국을 압도하려고 하고 있다. 그것은 중화사상 위에 국수주의라는 괴물의 모습을 더한 것처럼 보인다. 외국상품에 조그만 이슈가 생겨도 중국인들은 불매운동을 벌이고 여기에 모든 중국인이 동참을 한다. 중화사상과 애국심으로 똘똘 일사불란하게 이뤄지는 불매운동은 마치 인해전술과 같은 공포감을 자아낸다.

중국은 56개 민족으로 구성된 나라이고 그중 97%가 한족이지만 실제로 순수한 한족은 거의 없고 현재의 한족은 역사적인 허구로 만들어진 가상집단이라고 할 수 있다. 중국의 역사는 중국이 영토를 확장하는 과정에서 주변의 소수민족이 한족이라는 이름으로 서서히 동화되는 과정과 거의 궤를 같이한다. 서로 다른 민족과 문화를 중국이라는 하나의 정체성으로 묶기 위하여 중국 정부는 중화민족의 중화사상을 내세우고 애국심을 강조한다.

중국이란 거대한 국가는 정교하고 튼튼하게 짜인 공산당 엘리트 조직의 기반 위에서 움직인다. 유명한 대기업 역시 대부분 공산당의 소유이다. 중국에서는 공산당원으로 입당하는 것이 개인적으로 큰 영광이다. 공산당원이 되어야 좋은 직장에 취직할 수 있고 사회적으로도 많은 성공의 기회를 잡을 수 있다. 요즘에는 경제발전에 힘입어 많은 일자리가 생기고 돈을 벌 수 있는 사업의 기회가 많아지다 보니 공산당원의 주가가 예전 같지는 않지만, 공산당 엘리트 집단은 여전히 중국을 이끌어 가는 강력한 파워를 유지하고 있다. 성적이 좋은 학생, 교육계나 공무원 사회에서 뛰어나게 인정을 받는 사람인 경우 공산당 입당을 권유하고, 경제적인 성공을 거둔 기업가도 공산당원으로 흡수를 한다. 그렇게 사회의 다양한 조직에 엘리트 그룹으로 뿌리를 내린 당원들은 서로를 존중하고 배려를 하면서 그들의 집단파워를 서로 강화해 나간다. 다시 말하자면 중국의 권력과 경제를 움직이는 가장 상층의 특권계급이 바로 공산당원이다.

물론 공산당원은 일반인보다 훨씬 큰 권리를 누리는 대신에 그에 상응하는 의무도 지닌다. 공산당원이 된다는 것은 평생 국가와 당에 충성을 맹세하는 것이고, 때로는 당과 국가를 위해 개인적인 이익도 포기해야 한다는 것을 의미한다. 스포츠 스타들도 공산당원으로 입당하는 경우가 많다. 그들은 개인적인 경제활동 역시 당의 허가를 받아야 하고 무분별한 광고 활동 등으로 당이 규정한 윤리와 정체성을 훼손할 경우 국가대표 자격도 박탈당한다.

중국공산당은 인민, 그중에서도 유난히 농민을 두려워한다. 중국은 역사적으로 농민의 반란으로 왕조의 흥망이 경정되는 경우가 많았다. 소련은 노동자의 혁명으로 만들어졌지만 중국은 농민의 혁명으로 만들어진 나라이다. 그래서 중국 공산당은 농민의 민심관리에 큰 노력을 기울인다. 중국은 도시 노농자의 시위는 엄격하게 통제하지만, 시골에서 빈번하게 일어나는 농민들의 시위는 통제도 거의 하지 않는다. 오히려 농민 시위대에 무슨 문제라도 생길까 노심초사하면서 신경을 써서 보호한다.

· **중국인은 한국인을 맘속으로 경외한다**

조그만 나라임에도 악착같이 해내는 한국민족의 근성을 중국인들은 두려워하면서 존경한다. 그들은 중국과 수교하기 전에 열린 88서울올림픽의 성공을 텔레비전으로 보면서 한국이란 나라에 대해 새로운 인식을 하기 시작하였고 IMF 때 외환위기를 극복하기 위해 금을 기증하려던 온 국민의 행렬에 엄청나게 감동했다. 2002년 월드컵 4강 때 붉은 악마의 뜨거운 응원 열기 역시 그늘이 한국을 강하고 단힙하는 민족으로 인식하는 계기였다. 당시 우리가 외치던 '대한민국~'이라는 응원구호는 중국 발음으로 '따한민구어'로 비슷해서 대부분의 중국인들도 무슨 뜻인지 잘 알아듣는다. 아마 2002년 월드컵을 시청한 거의 모든 중국인들이 '따한민구어~'라는 응원구호를 지금도 잘 기억하고 있다고 해도 과언이 아닐 것이다.

역사적으로 중국인들은 고구려 사람을 까오리빵즈(高麗棒子)라는 말로 비하해 왔고 지금도 온라인상에서 한국인을 빵즈(棒子)라고 지칭하기도 한다. 그 기저에는 수나라와 당나라 시절에 북경까지 수시로 위협을 했던 강인한 고구려에 대한 두려움이 있다. 당시 고구려군은 창검 이외에 가볍고 단단한 박달나무 몽둥이를 무기로 잘 사용하여 그들을 공포로 몰아넣었고 그로 인해 고구려의 몽둥이가 고구려의 상징이 되었다고 한다. 그런 역사적인 인식에다가 수교 이후 한국의 눈부신 발전을 바라보면서 존경의 마음이 더해진 것이다. 그들이 동북공정이란 프로젝트를 통해 중화사상을 확대 해석하고 우리의 역사인 고구려를 자기네 역사로 편입시키는 등의 황당한 노력을 벌이는 것도 역사적인 두려움과 수치스러운 기억을 지워버리려는 국가 차원의 발버둥인지도 모른다.

중국인들은 한국인들이 자기들은 벌써 잊어버린 '효'라는 유교사상을 아직도 지키고 있음에 감탄한다. 나는 중국에서 비즈니스 모임을 가질 적마다 당시 중국에 계시던 어머니를 모시고 가서 그들과 함께 식사를 한 적이 꽤 많았다. 사실은 중국에 모신 어머님께서 중국생활을 너무 적적해하셨기에 저녁 식사 자리를 빌어 밖으로 모시고 나와서 맛있는 중국 음식을 자주 맛보게 하려는 생각이었는데, 중국 현지인들은 그 모습을 어머니에 대한 지극한 효심으로 받아들이고 그 점을 너무나 좋게 평가하였다.

중국 요녕(遼寧)대학교 총장으로 재직한 풍옥충 총장이 1990년 대 중반에 한국을 방문한 일이 있었다. 그분은 한국인이 일상 생활에서 예절과 효심을 중요시하는 것을 눈으로 직접 목격하고 는 중국의 유교문화가 한국에 생생하게 살아있는 것에 매우 감 동하면서 중국으로 돌아가서 『我看韓國(나는 한국을 보았다)』라는 책 을 저술하였다. 풍옥충 총장은 한국인이 유교사상의 위대한 가 치를 잘 보존하고 있는 위대한 민족이라는 말씀을 내게 자주 하 셨다. 그분이 한국인인 나의 후견인을 자처하고 나의 중국생활 에 많은 도움을 주신 데에는 한국에서 보았던 한국인의 예절과 효심에 대한 경외감이 작용했을 것으로 생각한다.

중국인들은 또 한국의 민주주의 정치체제를 대단히 놀랍게 생 각한다. 공산당에 통제를 받는 사회구조 속에서 자란 중국인들 은 한국에서 벌어지는 일련의 정치적인 사건들, 예를 들자면 대 통령 선거, 투신자살, 촛불집회 등을 신기한 눈으로 본다. 중국 정부의 입장에서는 한국의 변화무쌍한 정치적 사건들이 불안하게 느껴질 것이다. 중국인들이 한국의 자유민주주의에 자극을 받아 체제에 반기를 든다면 그들에게는 상상하기 힘든 끔찍한 공산당의 몰락 같은 일들이 벌어질 수 있기 때문이다. 하지만 대부분의 중국인은 자신들의 중국식 공산주의 체제가 민주주의보다 나은 점이 많다고 생각한다.

그리고 재미있는 일이 있는데 중국인들은 한겨울에 한국사람들의 바짓가랑이를 걷어보곤 한다. 한국인들은 추운 겨울에도 내복을 입지 않는다는 소문을 듣고 그걸 직접 눈으로 확인해보려는 것이다. 중국인들은 여름이 끝나자마자 네이쿠(內褲)라는 속바지를 입는다. 추운 겨울에 두꺼운 네이쿠를 몇 겹씩 껴입는 것은 그들에게 당연한 일이다. 그런데 한국인들은 그렇게 추운 겨울에도 바지 하나만 달랑 입고 돌아다닌다니 그들의 상식으로는 도무지 그 소문을 믿기 어려웠을 것이다. 그러니 한국인을 만날 때마다 바지를 들춰보면서 일일이 확인하려고 드는 것이다. 당연하게도 그들이 확인한 결과 한국인 대부분은 속바지를 입지 않았다. 그래서 그들은 한국인들이 참 독하고 강인한 민족이구나 하는 생각을 더 갖게 되었을 수 있다.

중국인의 한국이란 나라와 한국인에 대한 외경심과 부러움은 뜨거운 한류열풍의 밑거름이 되었다. 실제로 내가 아는 많은 중국인은 한국을 예쁘고 사랑스러운 나라로 인정한다. 그래서 수교 초기에 그들은 중국에 진출한 한국인과 한국기업에 대해 그렇게 우호적으로 대하고 많은 호혜를 베푼 것이 아닌가 싶다. 하지만 미안하게도 한국인들은 그들만큼 관대하지도 않았고 아량이 넓지도 못했으며 자신의 이익만 먼저 챙기는 경우가 많았다. 그로 인해 한국인에 대한 좋은 인식이 배신감으로 바뀐 경우도 적지 않게 보았다. 그것은 분명 우리늘의 실수임을 인정하고 다시는 그런 실수를 반복하지 말아야 한다.

• 중국인이 돈을 쓰는 목적

중국에서 25년 넘게 살다가 한국으로 돌아와서 3년이 지났다. 이전에는 일 때문에 잠깐잠깐 한국에 왔다가 금방 돌아가는 일이 대부분이었다. 그래서 나는 한국인임에도 불구하고 한국사회의 변화를 제대로 느낄 수 없었다. 한국에 돌아온 지난 3년간 한국에서 일을 추진하고 부딪치는 동안에 한국인의 생각들이 이전과는 많이 달라졌다는 것을 비로소 느끼게 되었다. 내가 보는 한국은 인간적인 감정이 없는 살벌한 전쟁터와 다름이 없다. 금융 캐피털이 발달하여 예전과 같이 필요할 때 돈을 조금 빌리고 갚고 하면서 정이 오고 갈 틈이 없다. 그리고 사람을 인간적인 교제의 대상이 아니라 자기 삶의 이용 도구로 생각하는 경향이 강하다. 처음에 만나면 자기 필요 때문에 모든 것을 다 줄 것같이 하지만 나중에 도움이 되지 않는다면 친척과 가족까지 버리는 냉정한 세상이다. 자원 하나 변변치 않은 나라에서 살아남기 위해서 어쩔 수 없는 면이 있음을 이해는 하지만, 이런 사회가 후손에게 과연 무엇을 남겨 줄 수 있는지 걱정스러울 정도다.

한국인은 근면하고 능력도 뛰어나며 한국은 경제적으로 상당히 성공한 나라지만 인간관계라는 관점에서는 망하고 부도가 난 나라가 아닌가 싶다. 아무리 부유하고 돈이 많아도 사람 사는 맛이 사라지면 무슨 소용이 있겠는가. 물론 아직도 남을 도와주고 같이 아파해주는 선량한 사람들도 있지만, 한국사회는 IMF와 같은 경제적인 풍파를 거치면서 점점 더 각박해져만 가고, 명절이 되어도 예전의 따뜻한 정이 없어진 지 이미 오래이며, 명절을 오히려 경제적으로 부담이 되는 날로 인식하는 세상이 되어버린 것이 아닌가 하는 생각이 든다.

지금 대한민국 사회는 남보다 먼저 돈 있고 힘 있는 사람에게 줄서기를 해서 자신의 이익을 지키려는 데 혈안이 된 것처럼 보인다. 종교나 동문의 관계 역시 오직 경제적인 필요 때문에 존재하고 움직이는 것 같다. 정치도 마찬가지다. 사회에 대한 애정, 더 좋은 세상을 위한 열망, 변화를 추구하는 열정으로 뭉친 뜨거운 가슴의 집단이라기보다는 권력에 줄 서고 패거리로 뭉쳐서 국가의 눈먼 권력과 돈과 자리를 쟁취해보려는 이기적인 집단으로 보인다.

내가 더욱 안타까운 것은 일반 국민들도 말에 대한 책임감이 너무나 없다는 것이다. 내가 한국에 돌아와서 본 사람들은 너무 쉽게 이야기하고 너무 쉽게 약속하며 못 지킨 것에 대해서는 미안해하는 마음이 없다. 진심으로 사람이 좋아서, 사람이 그리워서 만나는 관계가 과연 대한민국에 몇 퍼센트나 있을까? 가정 역시 변하기는 마찬가지다. 부부 사이에서도 서로의 인격에 대한 가치를 보는 것이 아닌 오직 돈 버는 능력으로 판가름하는 것이 대한민국의 현실이다. 적어도 내가 지켜보았던 중국과는 이런 점에서 달라도 너무 다르다.

중국인들은 돈을 숭배한다. 돈은 그들에게는 거의 신의 자리에 올라 있다. 부처나 관우를 집안에 두고 숭배하는 이유는 그들의 힘을 이용해 돈을 벌고자 함이다. 중국인들의 삶의 방향은 돈을 향해 있지만, 그들은 오늘날의 대한민국 사회만큼 각박하거나 이기적이지 않다. 그들에게는 돈이 인간관계를 만드는 수단이지, 인간관계가 돈을 만드는 수단이 아니다. 그동안 내가 지켜보았던 그들은 돈을 써서 인간관계를 만들고 다지며 자신과 가족과 이웃과 동지와 후손들의 안위와 행복을 추구한다.

• 중국인은 한곳에 머무르지 않는다

모두가 그렇지는 않겠지만 적지 않은 한국인은 살기 위해서 사는 것처럼 보인다. 그러나 중국인은 인생을 즐기기 위해 사는 것 같다는 생각이 들 때가 많다. 그만큼 인생을 바라보는 관점의 차이가 크다. 우리 회사에 유능한 직원이 있었는데 어느 날 그 직원이 갑자기 사직서를 내려고 했다. 내가 그에게 "자네 같은 인재가 앞으로 승진도 해야 하고 회사에서도 자네를 인정하고 키워주려고 하는데 왜 회사를 옮기려고 하느냐"고 물었더니 그 직원하는 말이 "제 나이에 계속 평생 이 회사에만 있으면 좁은 곳만 볼 수밖에 없지 않겠습니까? 저는 젊었을 때 여러 군데의 회사를 3년 정도 근무하고 옮겨 다니면서 많은 것을 경험해보고 싶습니다. 십 년 정도 제가 할 수 있는 모든 것을 다 경험을 해 본 후에 제 인생에 맞는 정확한 일을 찾을 생각입니다"라고 대답을 했다.

한국 젊은이들은 한 직장에 들어가면 대부분 기회가 그곳밖에 없다는 생각에 그 안에서 최대한 열심히 해서 승진을 하려고 하지만 중국 젊은이들은 아무리 좋은 직장이고 승진의 기회가 많이 있어도 어느 정도 시간이 지나면 회사를 옮겨서 더 많은 경험을 해보고자 하는 경향이 많다. 이 점이 내가 생각하는 한국과 중국 젊은이들의 뚜렷한 차이점이다. 한국사회의 구조적인 문제

점이 젊은이들의 사고방식까지 바꾸고 있는 것 같다. 이런 점은 절대 바람직스럽지 않다. 한군데 머무르면 정체가 되고 성장이 멈춰 버린다. 젊음이 좋은 이유는 젊을 때 적극적으로 쌓은 경험을 밑거름 삼아 크게 성장하는 힘을 가질 수 있기 때문이다. 젊음은 인생을 경작하는 토양이고 경험은 그 토양에 뿌려지는 씨앗이다. 인생을 다양하고 풍요롭게 키워 나가려면 건강한 젊음의 토양에 다양한 종류의 씨앗을 파종하는 것이 필요하나. 그래서 나는 '도전하라, 그래야 기회가 주어진다'라는 이야기를 기회가 있을 때마다 강조한다.

• 축구 투자로 보는 중국 기업인의 마인드

내가 보는 중국 기업인과 한국 기업인의 마인드에는 적지 않은 차이가 존재한다. 프로축구에 대한 투자를 예를 들어볼까 한다. 중국은 프로축구에 엄청난 돈을 쏟아붓고 있다. 물론 시진핑 주석 체제에서 프로축구 중흥에 대한 중앙정부의 입김도 많이 작용하고 시진핑 주석 자체가 워낙 축구를 좋아하는 열광적인 축구 애호가다 보니 시진핑 주석에게 잘 보이려는 측면도 있지만 그게 전부는 아니다. 한국의 프로축구는 이익에 따라서 투자 규모가 달라진다. 기업에서 프로축구를 운영하는 건 간접적인 광고 효과로 기업의 이미지를 올리려는 목적도 있다. 그렇지만 일반적으로는 손익에 따라서 투자규모가 달라진다. 많이 벌면 많이 투자하고 적게 벌면 규모를 줄이는 방식이다. 이는 빈곤의 악순환으로 이어져 축구 시장 자체가 점점 더 위축된다. 선투자가 이뤄지지 않으니까 관중도 광고도 줄어들어 중계권료도 줄어들면서 점점 더 악순환에 빠진다.

그런데도 중국인들은 한국축구가 대단하다고 생각한다. 거기에는 한국인의 민족적인 근성도 많이 작용한다. 중국은 아이들을 과보호하는 환경에서 키우다 보니 악바리 같은 근성이 없다. 그렇게 인구가 많고 이탈리아 축구를 열광적으로 좋아함에도 불구하고 축구스타가 나오지 않는 이유가 근성의 부족에서 기인한다. 그런데도 중국은 기업이 나서서 축구를 적극 활성화하려고 많은 노력을 기울인다. 물론 중앙정부의 권유도 있겠지만 대부분 기업의 오너 회장인 구단주는 프로축구에 투자를 함으로써 내가 번 돈, 회사의 이익을 고객한테 환원한다고 생각을 하고 있다. 프로축구를 활성화해서 시민들에게 축구를 통해 삶을 즐길 수 있는 환경을 제공하겠다는 것이다. 한국은 스폰서의 입장에서 적정수준의 투자를 한다고 생각하는 반면에 중국은 기업 오너가 시민과 소비자한테 이익을 환원하는 것으로 생각한다. 내가 중국에서 오너 구단주의 인터뷰를 직접 보고 느낀 생각이다.

중국과 한국의 기업 오너들의 경영이념이나 추구하는 사고방식에는 차이가 크다. 기업의 존재 이유가 무엇인가? 소비자가 있고 소비자가 팔아주니까 기업이 성장하는 것이 아닌가? 물론 한국기업도 일정한 규모의 후원이나 불우이웃돕기, 사회기금 등 한시적인 방법으로나마 사회에 환원하고 있지만, 중국처럼 스포츠를 통해 대대적으로 사회에 환원하면서 선투자로 인해 축구열기가 선순환하는 구조와는 아주 다르다.

한국에서 축구는 국기나 다름없다. 그런데 요즘 들어 국가대표 운영에 많은 문제점이 노출되고 내부적으로는 무슨 라인이니 동문을 챙겼느니 비난하면서 협회를 비난하는 안티 그룹이 불어나는 것이 한국의 현실이다. 비단 축구뿐만 아니라 한국인의 인성 자체가 많이 변했다. 사회 전반에 구조적인 변화가 급속도로 진행이 되면서 서로에 대한 배려와 인내가 사라지고 기회도 열어주지 않고 조금만 문제가 생겨도 경질을 요구하는 원성이 빗발친다. 마음이 그만큼 급하고 이해심도 없고 오직 결과에만 집착한다. 축구협회 스스로가 모든 사람이 다 인정할 수 있는 구조적인 시스템을 스스로 만들어야 함에도 이제까지 그것을 만들지 않았다. 사실 축구 하는 사람들이 다 머리가 좋고 판단이 뛰어나다고 할 수는 없다. 축구를 잘하지 못하는 사람들도 감독으로 성공한 사례가 많다. 축구 스타라고 다 스타 감독이 되는 것도 아니다.

근본부터 바뀌어야 한다. 축구협회도 바뀌고 프로축구를 운영하는 구단주의 마인드도 바뀌어야 한다. 인기가 생기고 관중이 많아지고 이익이 생기면 투자를 늘리겠다는 마인드로는 곤란하다. 투자를 통해 축구를 즐길 수 있는 환경을 조성하지 않으면서 어떻게 관중이 저절로 많기를 바라는가? 중국은 사회 환원 차원에서 먼저 기부를 하니까 축구에 적합하지 않은 체질임에도 불구하고 축구가 나날이 발전하고 있다. 아무튼 중국기업인들은 환원이라고 생각하지 절대 투자라고 생각하지 않는다. 이게 큰 차이다.

9

중국 공무원에게 배울 점

나의 중국 이야기에서 중국 공무원으로부터 받은 인상 이야기를 빼놓을 수 없다. 우리는 아직 문화혁명이라는 예전의 관념으로 중국의 공무원이 비효율적이고 관료적이며 인민 위에 군림하는 존재라고 생각하기 십상이지만 적어도 내가 만나고 같이 상담하고 일을 한 공무원들은 전혀 달랐다. 오히려 나는 우리나라의 공무원들이 중국의 훌륭하고 헌신적인 공무원들에게 배워야 한다고 생각한다.

• 중국 공무원은 일요일에도 쉬지 않는다

2005년도 즈음의 일이다. 내가 요녕성(遼宁省) 안산시(鞍山市) 시장을 만나러 시청에 갔는데 미팅 약속이 잡힌 날짜가 일요일이었다. 안산시장은 일요일 아침부터 간부 회의가 연속으로 잡혀 있었기에 나는 시장집무실 옆에서 꽤 오랜 시간을 대기해야 했다. 한참 시간이 지나도 회의가 끝나지 않아서 나는 사무실 안에 함께 있던 시장 비서에게 중국 공무원은 평소 일요일에도 이렇게 일을 하는지 물어보았다. 20대 후반의 청년인 시장 비서는 자기는 일 년 동안 일요일에 쉬어 본 적이 없고 퇴근도 매일 저녁 9시나 10시가 넘어서 하는데 자기뿐만 아니라 시장부터 고위간부들모두 똑같은 상황이라고 대답했다. 그래서 왜 그렇게 열심히 하느냐고 물었더니 인민과 시의 발전을 위해서 열심히 일하는 것이 당연하지 않느냐, 오히려 할 일이 너무나 많은데 시간이 모자란다, 자신도 열심히 일해서 시의 발전에 기여하고 인정을 받아서 빨리 승진하고 싶다고 힘주어 말했다. 요녕성의 한적한 도시에서도 중국 공무원들의 열정은 휴일이 따로 없을 정도니 하물며 북경(北京)이나 상해(上海) 같은 대도시 공무원들의 열정에 대해서는 말할 필요가 없을 것이다.

중국 공무원의 일하는 태도는 한국 공무원이 본받아야 한다. 중국 공무원 사회에 부정부패가 만연하다는 인식은 사실 틀린 말은 아니라고 생각한다. 이전부터 중국 공무원은 대단한 힘을 가지고 있었고 그건 지금도 마찬가지다. 공산당 독재하에서 언론의 비판 활동이 강력하게 억제되는 상황에서 그들을 견제할 수 있는 세력이 거의 존재할 수 없을 정도로 막강하지만, 보수는 턱없이 낮다 보니 부정부패의 유혹에서 벗어나기란 결코 쉽지 않았을 것이다. 중국 공무원의 낮은 보수에서 모든 문제가 시작된다. 특히 지방정부에서 수없이 많은 각종 인·허가권을 쥐고 있다 보니 알게 모르게 뇌물이나 청탁이 먹힐 여지가 생겨나는 것이다.

나는 중국이란 나라에서 지방의 법과 중앙의 법이 다르다는 것을 나중에야 알게 되었다. 중앙정부에서 지방정부를 관리하기가 무척 어려운 구조였기 때문이다. 중국은 삼권분립이 안 돼 있어서 부처 간에 견제기능이 전혀 없었다. 그래서 지방정부만 통하면 뭐든지 할 수 있었다. 그러다가 특정한 이슈가 생기면 지방정부에 대한 대대적인 감사와 사정을 실시하곤 한다. 그래도 그때만 지나면 다시 원래 상태로 되돌아가는 것이 중국 공무원 사회의 일상이었다. 인맥이 통할 수 있는 여지도 국가적으로 느슨하거나 아예 존재하지 않은 견제기능에서 비롯되었다. 공무원끼리 서로가 서로를 봐주는 관계를 형성하면서 공무원 권력이면 안 되는 일이 없는 지경이 되는 것이다.

그런데 근래 들어 '호랑이든 파리든 다 때려잡는다(打虎拍蠅)'는 시진핑 주석의 서슬 퍼런 부패 척결 의지로 인해 공무원 사회에 사정의 바람이 매섭게 몰아치면서 중국 공무원은 일대 변회의 전기를 맞고 있다. 뇌물은 물론이고 사소한 선물이나 접대조차도 금물이다. 골프 역시 마찬가지인데 중국 공무원이 골프를 치다가 발각이 되면 그 골프장마저 문을 닫아야 하는 세상이 되었다. 그만큼 공무원의 부패는 이전부터 존재한 문제였고 지금도 중국은 부패와의 전쟁을 지속하고 있다.

하지만 대다수 중국 공무원들이 국가와 인민에게 봉사하겠다고 마음속에 품은 열정만큼은 어떠한 상황에서도 부패하지 않았다고 나는 감히 생각한다. 내가 중국에 있을 때 거리에서 학생들이 몰려다니면서 청소를 하고 남의 차를 닦아주는 것을 가끔 보곤 했다. 학생들이 무엇을 하는 거냐고 중국인에게 물어보니 학생들이 '레이펑을 따라 배우자(學習雷鋒)'를 실천하는 것이라고 했다.

"나의 삶은 유한하나, 인민을 향해 봉사하려는 나의 마음은 무한하다."

"나는 국가와 인민을 위해 영원히 녹슬지 않는 작은 나사못이 되겠다."

"조국의 번영 없이 내 개인의 행복은 없다."

레이펑(雷鋒, 1940~1962년)의 일기에 보이는 글이다. 후난성(湖南省) 출신으로 빈농의 가정에서 자라난 레이펑은 7세에 부모를 여의고 삼촌 밑에서 자라났다. 공산당의 배려로 고교를 졸업한 그는 조국과 인민을 위해 삶을 살겠다고 다짐한다. 1960년에 키 154㎝, 몸무게 55kg의 왜소한 체구로 우여곡절 끝에 꿈에 그리던 인민해방군에 입대했다. 그는 트럭 운전병으로서 매사에 솔선수범하던 평범한 병사였다. 역에서 차표를 잃은 모자에게 자신의 표를 내주고 출장지까지 걸어갔으며, 홍수가 나자 공사장에 보관된 시멘트 7,200부대를 지키기 위해 일주일 밤을 새우기도 했다. 그는 2년여 동안의 군 생활에서도 희생정신을 보여 10여 차례나 모범전사상을 받았다. 누구보다도 마오쩌둥 사상 학습에 열성적이었던 그는 입대 후 2년 반 되던 해인 1962년 8월 요녕성(遼寧省) 푸순(撫順)에서 후임병사가 운전하는 차의 후진을 거들다 각목에 두부를 맞는 불의의 사고를 당해 22살의 나이로 순직했다. 후에 그의 일기가 공개되면서 그를 본받자는 운동이 들불처럼 중국 전역으로 번져갔다. 마침내 1963년 3월 5일, 동향 출신 마오쩌둥이 '레이펑 동지를 학습하자'고 발 벗고 나섰다. 이를 계기로 이날을 바로 제1회 레이펑 기념일로 선포하고 레이펑 기념관을 건립했고, 레이펑 광장을 조성했으며, 레이펑 탑을 세웠다. 빈농의 가정, 부모를 잃은 고아, 왜소한 체구, 말단 병사, 아무것도 가진 것이 없고 아무것도 내세울 것이 없었던 레이펑의 '희생정신'은 인민들의 가슴속으로 파고들었다. 부정부패, 빈부격차 등 여러 사회 문제에 직면하고 있는 13억 중국인의 구심점으로서 '레이펑 학습 효과'는 지대하다. TV에서도, 학교에서도, 거리에서도, 공공 게시판에도 '우리의 귀감, 레이펑을 따라 배우자'고 호소한다. 어떤 이발관 아저씨는 레이펑 정신을 본받아 60세 이상 마을 노인들에게 무료로 머리를 깎아준다. 선량하게 생긴 중년의 택시 기사는 65세 이상 노인과 장애인들에게 '무료 태워주기 운동'을 8년째 벌이고 있다. 빵을 구워 파는 어느 부부는 해마다 경로당에 찾아가 외로운 노인들에게 익명으로 빵을 제공하고 있다. 이른바 '레이펑 지원자'는 남녀노소를 가리지 않는다. 어느 팔순 부부는 43세 되는 지체 장애인을 세 살 적부터 무려 40년 가까이 곁에 두고 친자식처럼 지켰다. 하나같이 자신의 생활 형편도 넉넉지 못한 사람들이다. 학생들도 빗자루와 걸레를 들고 '레이펑을 본받자'며 거리로 나선다. 이렇듯 '레이펑을 따라 배우자'는 것은 곧 선한 일을 행동에 옮기자는 범국민실천운동인 것이다.

중국인들은 소위 철밥통(鐵飯碗)이라는 공무원이 되기 위하여 엄청난 경쟁을 치러야 한다. 그만큼 공무원으로 선발된 이들의 자부심은 상당하다. 우리는 공산주의에 대해 어떤 역사의 발전 과정은 생략한 채 냉전의 대리전으로 벌어진 남과 북의 비극적인 전쟁과 이념의 갈등 선상에서 인간의 자유를 억압하는 부정적인 정치체제로 인식하지만, 중국의 공산주의는 중국의 근대화 과정에서 태동과 성숙이라는 역사적인 필연 과정을 거쳐 탄생한 것이다. 오늘날 중국 공산주의의 선봉에 서 있는 공무원들은 레이펑의 신념과 희생정신과 국가와 인민에 대한 봉사라는 책무를 마음에 품고 이를 본받아 실천하려는 의지로 가득 차 있다.

그런데 우리의 공무원은 과연 어떤가? 중국 공무원들과 같은 국가와 국민에 대한 신념이 우리에게도 있을까? 나는 우리 공무원들이 나라에서 보장하는 안정적인 급여와 연금으로 편안하게 살고자 하는 욕망 그 이외에 과연 어떤 목표가 있는지 도무지 알 수가 없다. 우리나라에는 노동자 투사와 민주화 열사는 있지만 공무원 열사와 신화는 도무지 존재하지 않는다. 해마다 공무원은 자꾸만 늘어나고 대통령은 더 늘리자고 하는데도 말이다.

내가 현장에서 만난 중국 공무원은 외자기업의 유치를 위해 자신의 전력을 다했다. 자신의 이익을 넘어 지역과 국가의 발전을 위한 것임은 두말할 필요가 없다. 예전에는 그 과정에서 발생되는 떡고물도 있었겠지만, 그것은 그들의 주된 목표가 아니었고 그들이 진정으로 외국기업의 투자를 유치하기 위해서 온 힘을 다해 노력하는 것을 느낄 수 있었다. 나 말고도 중국에 온 한국인 대다수는 중국 공무원의 열정이 한국 공부원의 열 배, 스무 배가 넘는다고 평가를 한다. 애국심과 사명감으로 가득 찬 천진(天津)의 공무원들은 인천 송도보다 훨씬 늦게 시작했음에도 짧은 기간 안에 천진 빈하이 신구(濱海新區)에 무려 7만 개의 기업을 유치하고 그곳을 세계적인 첨단산업기지로 일으켜 세웠다. 그들이 바로 짝퉁의 나라 중국을 세계에서 가장 경쟁력 있는 상품을 가장 저렴하게 만들어내는 경제강국으로 성장시킨 장본인이다.

우리는 지금이라도 열정과 애국심이 넘치는 중국 공무원을 배워야 한다. 우리는 한때 중국 공무원의 철밥통을 비웃었지만, 이제는 오히려 우리가 철밥통이 되어가고 있다. 중국의 철밥통은 문화혁명 시절에 쇠붙이를 모아서 만든 열악한 품질의 밥통이라서 다시 용광로 속으로 들어갈 수밖에 없는 운명이었다면, 우리나라 공무원의 철밥통은 최첨단 합금기술로 만들어져 어떤 상황에서도 깨지거나 녹지 않는 절대 밥통이라는 생각이 든다. 내가 정말 강조하고 싶은 말은 이제까지는 중국 공무원이 레이펑을 학습했다면 이제는 우리 공무원들이 레이펑을 학습한 중국 공무원을 학습할 때가 되었다는 것이다.

중국 공무원이 우리나라와 다른 점이 또 하나 있다. 중국은 정치인이 따로 없고 정치인을 배출시키는 통로도 따로 없다. 중국은 공무원이 바로 정치인의 역할을 한다. 우리나라는 정치인이 되려면 선거를 거쳐야 한다. 그리고 공기업이나 단체와 관련된 수많은 자리 역시 선거로 당선된 대통령이 권력을 함께 창출한 인사들에게 보은이나 논공행상으로 나누어 준다. 검증된 전문가나 식견 있는 정치인이 아니라 아마추어 수준의 정치 지망생들이나 반짝인기에 편승한 인사들이 국가의 요직을 차지하는 경우가 드물지 않다. 한국은 선거를 통해 정치지도자와 국가의 요직을 맡을 사람을 선택하는 시스템이다.

이에 반해 중국은 공무원 중에서 성과가 뛰어난 능력자를 공산당 상층부에서 충분한 시간을 두고 관찰하고 평가하고 선택을 해서 지도자로 성장할 수 있는 길을 열어준다. 중국의 고위 관료는 철저하게 현장에서 업무추진 능력을 인정받아 선택된 사람들이다. 그러기에 평소 그들은 열심히 공부하고 일하며 자기가 맡은 직책에서 최고의 성과를 도출하려고 무진장 노력한다. 그들 중에서 최고의 엘리트들이 선정되고 그 엘리트들이 중국의 지도

자 그룹에 입성해서 거대한 중국을 이끌어 가는 거대파워가 된다. 말하자면 전문성과 현장의 성과와 국가철학과 이념이 없이는 높은 자리에 올라갈 수가 없다.

중국 공무원과 관료들의 실력과 전문성은 상당히 높다. 21세기 중국의 굴기는 신념과 열정과 전문적인 지식과 실천 경험으로 가득 찬 중국 공무원과 관료들이 기획하고 준비하고 실천해서 만들어낸 것이다. 거기에 중국 특유의 상술이 녀해저시 수많은 벤처기업을 성공적으로 배출하고 있다. 중국은 우리와 같이 선거로 선출된 정치인이 아니라 철두철미 검증된 관료들이 정치의 중심에 서서 나라를 이끌어 간다. 그들은 끝없는 학습을 통해 이론적으로 완벽하며 정신적으로도 신념으로 가득 찼다. 어떤 관점에서 중국의 정치시스템은 매우 폐쇄적인 밀실정치로 비칠 수 있지만 다른 관점으로 보면 매우 안정적인 구조하에서 백년대계를 추구할 수 있는 견실한 시스템이라고 할 수 있다. 5년마다 정권이 바뀌면서 모든 것을 다 부정하고 뒤집어서 처음부터 다시 시작하는 우리나라와는 달리 현장의 검증을 통해 지도자를 발탁하는 중국의 시스템은 새로운 변화와 신선함이란 측면에서는 많이 부족하지만, 국가 전체적인 안정성과 효율성 그리고 전략의 추진력에서는 오히려 더 강력하다고 생각한다.

• 우리에게 진정한 친중파가 있는가?

중국의 공무원을 만나고 그들과 비즈니스 상담을 하면서 그들과 우리나라 정치인을 자연스럽게 비교하게 되는 경우가 있다. 중국에 가끔 왕래하는 우리나라 정치인들이 자기 스스로 친중파라고 내세우곤 하는데 나로서는 과연 진짜 중국을 제대로 아는 사람이 과연 몇 명이나 되는지 의구심이 든다. 중국을 왕래하고 중국을 진정으로 연구하고 친구를 맺으며 이해관계 없이 언제나 스스럼없이 이야기를 나눌 수 있는 정치인이 정말 존재하는가? 중국인이 한국인과 한국기업을 사랑하게 만들고, 한국인이 중국인과 중국기업을 사랑하게 만들기 위해 진정으로 마음을 열고 대화를 나눌 수 있는 친중파가 과연 몇 명이나 있는가?

중국은 역사와 지리적으로 영원히 함께 가야 하는 운명의 동반자이다. 지나온 역사도 그랬지만 앞으로도 좋은 일보다는 갈등과 문제가 끊임없이 발생할 것은 불 보듯 뻔한 일이다. 한국으로서는 전문성을 가진 친중파를 많이 배양하고 배출해야 국가적인 문제가 생겼을 때 해결이 가능한데 한국에는 친중파 정치인이 너무 없다는 사실이 나로서는 매우 안타깝다. 기업인이나 정치인이나 한국과 중국의 생각 차이가 너무나 큰 것이 현실이고 앞으로 차이가 점점 더 벌어지지 않을까 심히 걱정된다.

정말로 국가와 국가 간의 생각의 차이를 줄이고 상호발전 하는 방향으로 전환하기 위해서는 한국 젊은이들이 중국을 포함한 해외 각지로 많이 나가야 한다. 지사 주재원으로 나가든 개인사업을 하든 언어연수를 하든 자영업을 하든 많은 젊은이가 밖에 나가서 거기서 현지의 문화를 배우고 현지인과 인간관계를 맺고 우정을 쌓으며 한국으로 돌아온다면 그 인재들은 우리나라의 중요한 자산이 된다. 중국도 해외에서 나사를 비롯한 여러 중요한 곳에서 첨단과학을 경험한 최고의 인재를 국가 자원에서 좋은 조건으로 정중하게 불러들여서 21세기 신중국 건설에 요긴하게 활용하고 있다. 우주개발과 항공모함 등의 우주 군사 분야에서 중국이 우리보다 월등히 앞서가는 이유는 중국이 우리보다 훨씬 적극적으로 인재를 해외에 보내고 배양시키고 모셔오는 일을 국가 차원에서 전략적으로 꾸준하게 실천하였기 때문이다.

우리나라가 살 수 있는 길은 오직 인적 자원뿐이다. 우리나라는 내세울 만한 관광 유산도 거의 없는 편이다. 물론 교육열이 세계에서 제일 높은 편이므로 국내에서 열심히 공부하고 연구하고 개발하는 것도 좋지만 그것보다 더 중요한 것이 있다. 우리가 살 수 있는 길은 젊은이가 해외에 나가서 만들어오는 인적 자산에 있다. 젊은이들이 과감히 도전하여 해외로 나가야 한다. 중국에 가든 아프리카에 가든 거기에서 기회를 찾아야 한다. 일전에 동남아에 다녀오는데 공항에서 현지 공항 경호원이 "빨리 빨리"

를 외치는 소리를 들었다. '빨리 빨리'는 세계인들이 가장 먼저 배우는 한국말이라고 한다. 한국인은 성격이 급하고 그래서 시행착오도 제법 있지만 '빨리 빨리'는 가난한 한국을 급속하게 발전시킨 원동력이다. 일본의 가라오케가 성격 급한 한국에 와서 세계 최고의 노래방 기계로 업그레이드되었고 피시방도 마찬가지다. 이런 '빨리 빨리' 문화가 디지털과 결합되어 우리는 IT강국으로 급속하게 성장하였다.

우리에게는 조그만 경험, 조그만 지식이라도 빨리 그리고 크게 만드는 능력이 있다. 나는 개인적으로 청년채용을 해결하려면 공무원의 숫자를 늘리는 것이 아니라 그 비용으로 차라리 젊은 이들을 일정 기간 해외 각지에 풀어서 세계화의 첨병으로 스스로 성장하는 기회를 제공하는 것이 더 효과적일 것 같다고 생각한다. 그들이 경제 발전뿐만 아니라 문화와 정치적인 분야에서 국익에 크게 기여할 수 있도록 국가가 나서야 한다. 대학입시전형, 유치원 영어교육 같은 사소한 것에나 집착하는 교육 공무원들의 책상머리 정책보다는 차라리 그것이 국가의 백년대계를 준비하는 길이 아닐까?

10

중국인과 비즈니스 상담을 할 때 유의할 점

나는 중국인과의 비즈니스 상담에서 실패하는 한국인들을 많이 목격하였다. 그들의 실패에는 일정한 패턴이 있다. 만만디 중국인들은 길게 보면서 상대방을 하나하나 파악해가는 반면에 한국인은 너무 결과를 서두르고 남의 생각을 지켜보고 분석하기보다는 자기 생각이 앞선다. 의욕 과잉이라기보다는 조바심 과잉이다. 중국인과의 비즈니스 상담에 금과옥조가 따로 없겠지만 지금부터 내가 말하고자 하는 몇 가지 사항을 마음에 새겨 둔다면 아직도 여전히 되풀이되는 비즈니스 상담 실패는 앞으로 많이 줄일 수 있을 것으로 생각한다.

• 상품보다 먼저 마음을 팔아라

한국인이 중국에서 상담할 때는 누구 할 것 없이 자금이나 기술, 상품에 대한 자신감을 가지고 이야기를 시작한다. 내 경험에 의하면 상담을 시작하면서 사업 정보에 관해 설명하는 것도 물론 중요하지만, 그보다 더 중요한 것은 우선 상대방의 이야기를 많이 들어주는 것이다. 할 이야기가 아무리 많아도 그건 나중에 설명해도 충분하다. 먼저 상대방의 이야기를 많이 듣고 상대방의 입장이 무엇인지 많이 생각하는 것이 우선이다. 저 사람이 오늘 나한테 무엇을 이야기하고 싶고 나를 만나서 나한테 무엇을 듣고 싶어 하는가를 생각을 하고 나 자신에 대해서는 나중에 천

천히 설명해도 전혀 늦지 않다.

일반적으로 상담이 끝나면 친한 친구, 형제지간 하면서 즐겁게 술을 마시는 시간을 갖는다. 그 자리에서는 절대로 어떤 결과를 기대하지 않고 그냥 겸손하게 술좌석 분위기를 즐기면서 상대방의 이야기를 많이 들어야 한다. 열 마디를 들으면 그때 한마디 이야기를 해라. 이야기할 때는 진솔하게 이야기해라. 상대에게 내 이야기가 아닌 내 마음을 듣게 만들어야 한다. 중국인과의 비즈니스에서는 상품에 앞서 내 마음을 팔아야 한다. 중국인끼리는 술좌석에서 어느 정도 비밀스런 이야기도 해가면서 비즈니스를 결정할 수 있겠지만 그건 중국인 자체 내의 문제이고, 전에 부정부패가 많았던 시절에는 술자리에서 중요한 결정을 하는 일이 많았던 적도 있지만 이제 그런 시대는 이미 지나갔다.

내가 정말로 내 마음의 진실을 가지고 상담하는지 그 사람들은 다 알고 다 느낀다. 그래서 나의 상품, 자금, 기술 이런 주제도 다 좋지만, 그것에만 치중하지 않고 내 마음속의 생각을 진심을 담아 전해주는 것이 중국사람과의 상담에서 좋은 결과를 끌어내는 비결이다.

나는 조그만 시골의 촌놈 출신이고 어릴 적에 아버지를 일찍 여의면서 그다지 넉넉지 않은 환경에서 학교에 다니고 아르바이트도 하고 가정교사를 하면서 용돈을 벌어 학교에 다녔다. 5남

2녀의 막내로 자라다 보니 사람에 대한 정이 많고 마음이 약해서 남한테 손해를 보는 경우가 많았다.

그런데 어느 순간부터 내가 약한 마음을 감추고 손해를 본다는 느낌을 만회하고자 의식적으로 강하게 나가기 시작하였는데 그게 남들한테는 냉정한 모습으로 보인 측면도 있었고, 무역 비즈니스에서 남들보다 빨리 성공의 길에 들어서면서 남들의 눈에는 계산이 빠르고 교활하게 보이는 측면도 있었을 것이다. 나는 그런 평가가 나오는 것은 다 내 잘못이라고 솔직히 수긍하고 그런 점에 대해서 지금도 진심으로 반성하는 마음을 가지고 있다.

그런데 중국인과 비즈니스를 하고 상담을 할 때는 그런 냉정하고 거만하고 교활한 모습을 보이면 절대 안 된다. 한국인이 중국 사람들하고 처음 상담을 시작할 때 겉으로는 웃지만 속마음을 안 주고 기술이나 자금만 앞세워 상담을 추진하다 보니 실패를 한다. 나는 중국에서 가장 중국 친구가 많은 한국인이라고 소문이 날 정도로 중국 친구 관계에 대해서는 자부심을 가지고 있다. 그러다 보니 한국인에게 어려운 일이 생기면 모두 다 나를 찾아올 정도로 해결사 역할도 많이 했다. 내가 중국 친구가 가장 많은 한국인이 되기까지 나는 중국 친구들에게 내 마음을 주려고 큰 노력을 기울였다. 단순히 중국사람을 많이 만나서 술 마시고 어울리다가 친구를 맺자고 해서 되는 것이 아니다. 가장 중요한 것은 그 사람 마음을 끌어내는 것인데 내가 먼저 거짓 없이 내 속마음을 주고 마음으로 이야기를 나누다 보니 그들이 자연스럽게 나를 따라 온 것이라 생각한다.

내가 중국 생활을 정리하고 한국으로 온 지 삼 년이 되었지만 지금도 여전히 중국 친구들이 나를 더 찾아주고 어려운 것이 없는지 심지어는 자금이 필요한지 하나하나 챙기면서 나를 걱정해 주고 있다. 가끔은 나를 보러 한국으로 오는 친구들도 있다. 얼마 전 내 생일 때 중국에서 꽤 이름 있는 심은신 그룹 탕쇼단 회장이 연말의 바쁜 일정에도 불구하고 직접 마오타이주 몇 병을 사 들고 나를 보러 한국에 왔다가 다음날 바로 중국으로 돌아가기도 했다.

내가 이렇게 된 것은 내가 그분들과 마음으로 비즈니스를 만들었기 때문이다. 물론 한국사람들의 관점에서는 내가 사회의 때가 많이 묻은 사람으로 보일지도 모르겠지만 난 지금도 사람을 만나고 상담할 때 그 사람의 처지를 생각하면 마음으로 많이 아프고 때로는 미안하고 안타까운 마음이 드는 경우가 많다. 이런 마음 때문에 내가 아직도 한국에서 적응을 잘하지 못하고 있는지도 모른다. 아무튼 중국에서는 돈보다 마음으로 비즈니스 대화를 시작하는 것이 처음에는 느리게 보이지만 결과적으로는 더 빠르고 확실한 성공의 길이라고 생각한다.

한국이란 나라는 중국 없이 살아갈 수 없다. 물론 중국을 벗어나 인도나 동남아 등으로 시장을 넓히고 다변화할 필요성이 있지만 그래도 앞으로 함께 가야 할 이웃 국가는 일본보다는 차라리 중국이라고 생각한다. 중국을 우리의 적으로 둘 필요가 없고 오히려 우군으로 활용해야 한다. 숙명적으로 함께 가야 할 이웃 국가라면 불가분 비즈니스도 지속해야 할 것이고, 중국과 비즈니스를 하려면 중국인의 마음을 알고 그들의 마음을 가져와야 한다. 그런데 한국사람들의 비즈니스 철학이나 교류 시스템은 겉모양만 중시하는 경향이 있어 아직도 중국인의 인정을 받지 못하고 있다. 다만 중국인은 한국을 무시하려는 마음이 강한 것이 아니니까 어떻게 보면 우리에게는 아직 중국이라는 기회가 있다고 생각한다. 얼마 전 엘리베이터 안에서 중국 관광객들이 자기들끼리 하는 이야기를 들었는데 한국은 중국의 일개 성의 크기밖에 안되니까 그렇게 생각하고 행동하면 된다는 내용이었다. 하지만 그건 일부 관광객의 생각이고 아마도 무언가 직접 와서 눈으로 보고 한국을 부러워하는 마음에 그런 식으로 소화하는 것일 수도 있다는 생각이 들었다. 대부분 중국인은 한국을 작지만 대단한 나라로 인정하고 경외한다. 중국인들은 한국인이 정신력도 강하고, 단결력도 강하고, 머리도 좋다고 인정하니까 거기에 진정한 마음마저 덧붙여서 비즈니스를 할 수만 있다면 중국과의 비즈니스에서 실패하는 일은 결코 없을 것으로 나는 믿고 있다.

• 법과 규정이 약속보다 우선이다

비즈니스 약속에 관한 나의 쓰라린 경험을 말하고자 한다. 중국에서 골프장을 접고 매각하는 과정에서 겪은 아픔에 관한 이야기인데 사실 매각이라기보다는 골프장이 망한 거나 마찬가지다. 중국 정부에서 골프장 영업을 정지시켜놓고 운영을 못 하게 하면 수입은 없고 비용만 계속 들어가는 사태를 타개할 방법이 없다. 골프장은 누구나 알다시피 영업을 하지 않고 있더라도 계속 농약을 쳐주고 잔디를 깎고 물을 뿌려주고 모래를 뿌려주는 등 지속적인 잔디관리를 해야 하므로 계속 인건비와 관리비가 들어가야 해서 상당한 타격을 입는다. 골프장에 있어서 영업정지는 치명적이다. 영업을 하지 않아도 기본적으로 투입되는 비용이 적지 않다. 그래서 한 달만 영업정지 조치를 해버리면 골프장은 상당한 타격을 입을 수밖에 없고 이걸 견디지 못하니까 매각을 할 수밖에 없다. 나 역시 더 이상 버티지 못하고 헐값에 매각해야 하는 상황에 처하게 되었다. 내가 경영을 잘못해서 골프장이 망한 거라면 내 탓이겠거니 하겠지만 내가 아닌 타의에 의해서, 그것도 어찌할 수 없는 정부의 명령 때문에 내가 희생당했다는 그 자체가 나는 너무나 가슴이 아팠다.

골프장에 참 애정이 많았다. 중국 생활에서 마지막 사업이라고 큰 꿈을 꾸고 골프장을 시작했다. 골프장을 지으면서 건설을 잘 모르지만 매일 매일 설계도를 봐 가면서 건설현장 18홀을 다녔고 점검하며 공부했다. 자금도 넉넉하지 않은 상태에서 어렵게 골프장을 완공시켰는데 중앙정부의 감찰이니 뭐니 하면서 지속적인 감사가 나오고 수시로 영업정지를 시키더니 나중에는 결국 문을 닫게 만들어버리니 도저히 견디기 힘들었다. 클럽하우스와 별장을 부숴버릴 때는 나도 아무리 이성적인 인간이지만 분노를 감당하기 힘들었다. 골프장을 헐값에 매각하면서 중국에 대한 한도 많이 생겼고 중국사람 원망도 많이 했다.

하지만 돌이켜보면 골프장을 시작할 당시에 아무리 지방정부의 시장이 약속하더라도 중앙정부의 정확한 법과 규정을 찾아보고 그 규정을 따라서 진행을 했으면 이런 일이 없지 않았겠나 하는 후회가 들었다. 마지막으로 그게 가장 안타까웠다.

누구라도 앞으로 중국에 투자한다고 하면 내가 정말 꼭 해주고 싶은 말이 있다. 지인을 앞세우지 말고 지인은 그냥 옆에서 사람을 소개해주거나 약간 안내해주는 정도로만 활용하라는 것이다. 사람에게 비즈니스의 모든 것을 걸면 안 된다. 비즈니스의 상대방이 약속하고 보장을 해도 법에 저촉되는 부분이 있으면

다 소용이 없다. 본인 스스로 지방의 법이나 중앙의 법, 세세하게 보이지 않는 부분까지 다 조사하고 법과 규정에 따라 판단하며 지방정부에서 발행한 서류 위에 중앙정부에서 받을 수 있는 모든 서류를 다 받아 놓아야 한다. 그렇게 완전히 백 퍼센트 아니 그 이상의 합법적인 서류를 받아놓고 사업을 시작해야 나중에 큰 화를 모면할 수 있다. 이건 아무리 강조해도 지나칠 수가 없다. 나는 막강한 중국 친구들의 소개와 시정부의 약속을 너무 믿었고 어떤 일이든지 다 헤쳐 나갈 수 있다고 믿었으며 사실 또 모든 것이 그렇게 진행이 되었다. 그랬기에 멀리 북경에 있는 중앙정부의 방침으로 하루아침에 모든 것을 날리는 사태를 내가 겪게 될 줄은 꿈에도 몰랐다.

• 거짓 인맥에 속지 마라

중국을 자주 다녀가는 한국사람 중에는 높은 사람과 함께 찍은 사진을 자랑하고 자기가 그 사람과 어떤 깊은 관계인 것처럼 떠벌리는 사람들이 적지 않다. 나는 그런 사진을 가지고 사업을 하는 사람을 절대 믿지 말라고 이야기한다. 왜냐하면 높은 사람과 사진을 찍게 해준 현지인은 십중팔구 의도적으로 자기를 부풀리고 과장해서 한국인을 혹하게 만든 사람일 경우가 대부분이기 때문이다. 중국에 있으면서 등소평의 친척이니 하면서 일을 벌이는 중국사람도 수없이 많이 보았고 거기에 속아 넘어가는 한국인도 많이 보았다. 대부분 한국인은 중국인들이 말하는 것이 진짜인지 확인할 방법이 없다. 중국의 어떤 행사장에서 소위 높은 사람과 사진 한 장 찍으면서 대단히 친한 척하는 것은 어려운 일이 아니다.

또 중국의 관료 조직과 책임자 이름을 거론하면서 특별한 허가를 만들어 줄 테니 적지 않은 물량의 샘플을 만들이 중국으로 보내라고 한국기업에 요구하는 경우도 많다. 그러면서 정작 자기가 떠벌린 책임자의 만남은 주선하지도 않고 차일피일 미룬다. 내가 겪어본 바에 의하면 책임자를 먼저 만나게 하지 않고 비즈니스를 시작하려는 건 다 사기에 속한다. 그리고 그런 책임자는 존재하지도 않고 존재한다고 해도 내용을 모르고 내용을 안다고 해도 그런 권한이 없는 경우가 대부분이다. 중국은 한국 이상으로 법으로 움직이는 나라이다. 어떤 누구의 말과 약속을 믿지 말고 관련 법과 규정을 직접 확인하는 것이 중국에서 실패하지 않는 유일한 길임을 명심해야 한다.

• 중국에 투자하지 말고 중국의 투자를 유치하라

이제까지는 한국이 앞선 기술이나 마케팅 노하우를 가지고 거대한 시장인 중국에 투자를 하려고 큰 노력을 기울였다. 초기에는 중국 관료의 전폭적인 지지를 받고 중국에 발을 들여놓았지만, 중국의 정치나 문화에 대한 이해 부족이나 통역문제 등으로 적지 않은 어려움을 겪었다. 큰 기업이든 작은 기업이든 지금에 와서 결과를 보면 성공한 경우는 거의 없고 실패 사례만 가득하다. 나는 대다수 한국기업이 중국 고급 관료의 말이나 중간 소개자의 말만 믿고 기대감에 부풀어 성급한 판단을 하고 중국을 쉽게 보고 들어갔기 때문에 실패할 수밖에 없다고 생각한다. 중국은 투자는 쉽게 받지만, 돈을 쉽게 벌고 나갈 수 있는 나라가 아니다. 초기 자본이 소진되면 이런 저런 사유로 발목을 잡고 흔들어서 중국인에게 넘기도록 알게 모르게 압력을 가한다. 중국기업은 심지어 외자기업을 자신의 먹잇감으로 간주하기도 한다.

이제 중국시장은 성장을 완료한 중국기업들이 자기들 스스로 지배하는 시대가 되었다. 외자기업에 대한 규제도 많아지고 인건비도 상승했으며 배타심도 커진 지금의 중국은 외자기업들이 투자할 매력이 이미 사라졌고 오히려 중국의 자본을 한국으로 끌어들일 적당한 때가 되었다고 나는 생각한다.

내가 골프장 영업 정지를 당하고 문을 닫는 어려운 상황에 처해 있을 때 중국 지인의 초청으로 북경에 간 적이 있다. 북경에서 나는 중국공작기업가협회 산하 공작위원회의 부회장으로 위촉을 받고 위임장을 받았다. 중국에는 한국의 전경련 같은 전국

규모의 기업모임이 정부가 주도하는 곳과 민간이 주도하는 곳이 각각 따로 있는데 내가 위임장을 받은 곳은 민간기업이 주도하는 모임이었고 건물은 중국 정부가 제공하고 있었다. 중국공작기업가협회는 중국에 있는 대다수 대기업이 회원으로 등록이 되어 있고 한국을 포함해서 중국에 진출한 글로벌 기업이 모두 회원으로 가입된 곳으로 회원 기업이 서로 교류를 나누면서 자연스럽게 홍보를 하고 새로운 비즈니스를 모색하는 성격의 모임이다.

내가 그곳의 부회장으로 선임되자 중국 친구들이 나를 통해서 한국기업을 파악하고 투자 대상 기업을 선정해서 한국에 직접 투자를 하겠다는 제안을 했다. 그 제안에 홍미를 느낀 나는 마침내 25년의 중국 생활을 접고 한국에 들어왔다. 그리고는 과거를 잊고 중국 자본의 한국투자라는 비전을 가슴에 품고 의욕적으로 일을 벌여나가기 시작하였다. 그런데 사람의 앞길은 알 수 없는 법이다. 여러 사업이 논의되고 자금투입의 규모와 시기에 대해서 세부적인 조율을 하던 어느 날 갑자기 사드란 이름의 폭탄이 나에게 떨어졌다. 중국 정부는 사드를 배치한 한국정부의 조치에 배신감을 느끼고 한국과 거래하는 중국기업에 한국과의 모든 비즈니스를 중단하라는 압박을 가했다. 이미 중국 정부의 명령으로 골프장을 접고 한국에 들어온 나에게 사드는 또 하나의 날벼락이 아닐 수 없었다.

사드 사태 이후 한중 간에 필수적인 사업은 정상화의 과정을 밟고 있지만 신규사업은 지금까지 막혀 있는 상황이다. 하지만 중국 자본의 한국유치라는 비즈니스의 꿈은 아직 내 마음속에서 사라지지 않았다. 지금 당장은 비즈니스가 멈춰있지만 언젠가는 한중 관계가 정상화될 것이고 중국 자본을 한국에 유치할 수 있는 비즈니스 인프라는 아직도 건재하기 때문이다.

중국기업은 한국기업을 알고 싶어 하고 투자를 하고 싶어 한다. 하지만 그것을 실현시키려면 기업도 그렇지만 정치에서도 친중파가 많이 생겨야 한다. 내가 한국에 오고 나서 중국자본 유치사업을 진행할 때 중국에서 차관급 조사팀이 3명 들어왔다. 그중 2명은 공무원의 신분을 감추고 왔는데 한국에 대한 투자여건을 매우 진지하게 조사하는 그들의 모습이 내 눈에 들어왔다. 내가 현장을 함께 다니면서 느낀 건 중국이 한국에 상당한 관심이 있으므로 정치적으로 조금만 더 우호관계가 발전하고 인간적으로 밀접해지면 앞으로 중국이 한국에 상당히 많은 투자를 할 것이라는 점이다. 그렇게 되려면 한국의 정치가가 먼저 겸손하게 나서야 한다. 중국 전문관리들은 자세를 낮추고 신분을 감춘 채 들어와서는 기업을 위해 진지한 노력을 기울인다. 그리고 기업이 그들을 한국에 모시고 오는 이유는 해당 관료들에게 자신들이 성공적인 투자를 위해 한국에서 노력하고 있다는 것을 보여주면서 투자의 명분을 챙기고, 나중에 중국 정부에서 한국투자에 대한 허가를 받아내려면 그 관료들의 힘이 필요하다는 매우 현실적인 목적이 있기 때문이지 결코 관료를 내세워서 위세를 떨려는 것이 아니다. 말하자면 허세가 아니라 실용을 위해서, 투자를 더욱 쉽게 하기 위해서 관료를 적극적으로 활용하고 관료 역시 그런 마인드의 기업을 적극적으로 돕는 것이다.

그만큼 중국 관료의 마인드가 우리와는 크게 다르다. 사드로 인해서 한중 관계가 십 년 이상 퇴보되었다고는 하지만, 지금이라도 정치인들이 중국을 더 많이 이해하려고 노력하고, 중국을 정말 잘 이해하는 정치가가 많아져서 그들이 한국과 중국의 경제교류에 앞장서야 한다. 중국의 투자를 받으려는 한국기업도 눈앞의 자금만 바라보지 말고 성실한 동반자의 자세로 비즈니스를 함께 하겠다는 마인드가 서로에게 있는지를 먼저 따지고 난 뒤 투자를 받아야 한다. 그래야 기업도 살아나고 한중 관계도 더욱 공고하게 발전할 것이다.

11

알아 두면 쓸데 있는
중국 문화

중국사람들조차 다 알 수 없을 정도로 중국의 문화는 다양하고 방대하지만, 누구에게나 보편적으로 통하는 중국의 문화를 어느 정도 이해한다면 어떤 자리, 어떤 상황에서도 크게 당황하는 일은 없을 것이다. 그중에서 비즈니스나 여행 시에 일상적으로 접하게 되고 의문을 가지게 되는 몇 가지 분야에 대해서 내 경험과 지식 범위 안에서 이야기하고자 한다.

• 술잔을 받고 테이블을 톡톡 치는 이유

중국인들과 술자리를 가질 때 우리와는 다른 술자리 문화 때문에 당황하거나 오해를 불러일으키는 경우도 있다. 따라서 중국인들의 술자리 문화를 미리 알아두는 것이 필요하다. 가령 술자리에서 술을 따라줄 때 상대방이 가만히 앉아서 손가락으로 테이블을 톡톡 두드리는 경우가 있다. 한국인이 볼 때 상대방을 무시하는 것 같아 불쾌한 기분이 들기도 한다. 하지만 이건 무시하는 행동이 아니라 고맙다는 의미이다.

　청나라 6대 황제인 건륭제는 종종 민간복을 입고 궁궐 밖으로 나가서 민간을 살펴보는 미복잠행을 하곤 했다. 황제를 따라 대신과 환관들도 황제를 보필하기 위해 서민 옷으로 갈아입고 황제를 따라 나갔는데 황제가 민간인 거리에서 차관이나 식당에서 대신들과 함께 차를 마시거나 음식을 먹는 경우도 종종 있었다. 궁궐 안에서는 황제가 차나 술을 하사하면 무릎을 꿇고 잔을 받는 것이 관행이었지만 바깥에서는 황제의 신분을 노출할 수 없었으므로 무릎을 꿇는 행동을 할 수가 없었다. 그래서 대신들은 손가락으로 무릎을 꿇는 모양을 만들어서 황제에게 마음으로 무릎을 꿇고 있다는 것을 알려주었는데 그 행동이 손가락으로 테이블을 톡톡 두드리는 것처럼 보였다. 그 관행이 오늘날까지 이어져서 이 행동이 술잔을 받을 때 대단히 고맙다고 표현하는 하나의 방법으로 정착이 되었다.

그리고 중국의 술 문화에 가장 중요한 것이 건배(干杯) 제의이다. 누군가 술자리에서 "깐베이(干杯)"를 제안하면 잔에 있는 술을 모두 마셔야 한다. 깐베이는 말 그대로 잔을 깨끗하게 비우는 것으로 우리의 원 샷과 같다. 물론 술을 잘하지 못하는 경우에는 술잔을 살짝 입에 댄 후에 음료수로 대신해도 된다. 그리고 잔을 들어 올리고 "수이(隨)"를 말하면 잔을 다 비우는 것이 아니라 편하게 마시고 싶은 만큼 알아서 마시자는 뜻이다. 그리고 상대방의 주량을 고려해서 "이커우(一口)" 하면서 잔을 부딪치는 경우도 있는데 이는 한 모금만 살짝 마셔도 된다는 뜻이다.

술자리에서 한국인이 실수하는 경우는 술잔을 돌리는 것과 술을 받을 때 고개를 돌려서 술을 마시는 경우다. 한국에서는 술잔 돌리기가 위생의 문제 때문에 요즘은 거의 사라졌지만 그래도 이전에는 중국인들과 술을 마실 때 무리하게 술잔 돌리기를 권하는 경우가 많았다. 중국인들은 남이 사용하는 식기나 잔은 절대 같이 사용하지 않는다는 사실을 기억해둬야 한다. 그리고 한국에서는 윗사람이 술잔을 권하면 몸을 돌려 마시는 것이 예의지만 중국에서는 이것이 오히려 상대방을 무시하거나 같이 술을 마시기 싫다는 뜻으로 받아들여지므로 상대방이 술을 따라주거나 술잔을 부딪치며 술을 권하면 상대방의 눈을 바라보면서 함께 술잔을 입에 대고 떼는 것이 바람직하다.

• 담배문화와 옌주(研究) 옌주(烟酒)

술과 더불어 빼놓을 수 없는 독특한 중국의 문화가 있는데 그게 바로 담배다. 중국말에 담배와 술은 내 것 네 것이 따로 없다는 말이 있을 정도로 술과 담배에 대해 관대하다. 중국은 술과 담배의 나라이다. 술과 담배는 중국어로 옌주(烟酒)인데 연구(研究)라는 단어와 발음이 같다. 그래서 예전 중국 간부나 담당자를 찾아 일을 부탁할 때면 "옌주 옌주(研究 研究)"라는 말을 자주 들었다. 부탁한 일에 대해서 연구를 해보겠다는 말인데 여기에는 담배와 술을 갖고 오면 검토해보겠다는 의중이 있다고 현지사람들이 나한테 알려주었다. 만만디와 옌주는 이전 관료사회의 독특한 문화이지만 시대가 변하면서 지금은 많이 사라진 것으로 보인다. 돌이켜보면 그것이 부패를 상징하는 말이기도 하지만 당시는 그것이 그들 나름대로 타인과 교류하고 소통하는 방식이 아니었나 하는 생각이 든다.

중국 생활 초기에 중국사람이 사무실에 와서는 내 책상 위에 담배를 툭 던지고 가는 경우가 종종 있었다. 당시 나는 뭐 저런 무례한 사람이 있나 싶어서 상당히 불쾌했는데 나중에 알고 보니 그건 중국인이 호의를 표현하는 하나의 방식이었다. 중국인에게 담배는 인간관계를 돈독하게 만드는 하나의 수단이다. 그들은 담배를 인간관계의 윤활유로 생각하고 있고, 담배를 나눠 피움으로써 일종의 동질감을 공유한다고 믿는다. 또 나이에 상관없이 같이 맞담배를 즐기는데 이것도 친근감의 표현이라고 한다. 상사와 신입사원, 아버지와 아들 간에도 맞담배를 하는 모습을 흔히 볼 수 있다. 식사자리나 회의자리에서 상사나 연장자가 담배를 꺼내서 돌리기도 하고 조금 멀리 있는 사람에게는 심지어 담배를 던지기도 한다. 또 자기가 담배를 피우고 싶으면 일단 모든 사람에게 담배를 돌리고 모두가 동시에 담배를 피운다. 조금 있다가 또 누군가 담배를 돌리면 같이 피운다. 혼자 담배를 피우는 것은 예의가 아니라고 생각하기 때문이다.

나는 군대에 있을 때나 대학 생활을 할 때나 37살이 되도록 담배를 피우지 못했다. 담배가 내 적성에는 전혀 맞지 않았기 때문이다. 그런데 중국에서는 어디에 갈 때마다 가령 결혼식에 간다든지 상담을 하러 간다든지 할 때 중국인들이 담배부터 먼저 권하니까 처음엔 담배를 못 피운다고 사양하다가 나중에는 마지못해 담배를 형식상 입에 물게 되었고 그러다 불을 붙여 한두 번

피우다가 꺼버리곤 하였다. 이런 일이 자꾸 반복되다 보니 나도 모르게 담배를 입에 무는 습관이 생겼다. 그리고 지금은 담배를 끊을 수 없을 정도가 되었다. 남들은 담배를 피울 때 폐 깊은 곳까지 담배 연기를 들이마시지만 나는 당시의 습관 때문에 담배 연기를 살짝 들이켜고 바로 뱉는 일종의 뻐끔 담배를 아직 유지하고 있다. 그런 담배도 끊기가 힘든 건 마찬가지다.

• 알바이우(250)의 의미

알바이우(二百伍)는 250을 세는 숫자인데 사실은 가까운 사이에 가볍게 하는 농담으로 바보야, 멍청이야 하는 뜻을 담고 있다. 따라서 별로 가깝지 않은 남에게 이런 말을 하면 실례도 보통 실례가 아니다. 시장이나 백화점에서 물건을 살 때 한국사람이 멋도 모르고 250위안짜리 물건을 알바이우라고 하면 판매원이나 주변 사람들이 키득키득 웃는다. 중국인이 숫자로 250을 말을 해야 하는 경우에는 량바이우(兩百伍)라고 한다.

중국인들이 습관처럼 쓰는 알바이우의 기원에 대해서는 여러 가지 이야기가 있다. 옛날에는 동전 한 꾸러미를 500개씩 꿰어 사용했는데 한국말로 예를 들자면 500개 한 꾸러미를 한 푼이라고 한다면 그 절반인 250개는 반 푼이 되는데 그렇게 절반밖에 안 되는 어리숙하고 바보스러운 사람을 반푼이라 놀리는 것과 같이 되어버린 것이다. 또 다른 이야기로는 황제가 어떤 신하가 마음에 들어서 천 냥의 상금을 주려고 마음을 먹고 대신 4명에게 상금을 받을 만한 신하 한 명을 추천하라고 명했다. 그런데 4명의 대신이 황제의 뜻을 모르고 자기들이 좋아하는 사람을 각각 추천하자 황제가 화를 내면서 250냥씩 나눠서 가져가라고 했고 그때부터 250이 사람의 마음을 몰라주는 얼간이 바보들이라는 뜻으로 사용되기 시작했다고 한다. 또 다른 이야기로는 전국시대에 제왕이 아끼는 논객인 소진이 피살을 당하자 제왕은 범인을 잡으려고 "첩자인 소진을 죽이는 자에게 천냥의 상금을 준다"는 거짓 공문을 내렸는데 네 명이 나타나 각각 250씩 달라고 했다. 이에 제왕은 그들을 모두 죽여버렸는데 이후에 250이 바보를 뜻하게 되었다는 것이다.

• 취니우피(吹牛皮)

또 하나 중국인들이 자주 사용하는 취니우피(吹牛皮)라는 말이 있다. 중국사람들은 허풍이 세기로 유명한데 자기들끼리 대화 중에 서로 "취니우피" 하면서 키득거리곤 한다. 취니우피는 말 그대로 소가죽을 입으로 분다는 뜻이다. 옛날에는 돼지나 양을 잡을 때 피를 뺀 다음에 다리에 구멍을 내고 입을 대고 힘차게 불어서 껍질과 고기 사이가 벌어지도록 만들었다. 그러면 작업이 쉬워지기 때문이다. 그런데 소는 크기가 큰 데다가 가죽이 질기고 피하지방이 적어서 이런 방법으로는 가죽과 고기를 분리할 수가 없다. 따라서 이렇게 입으로 불어서 소를 잡았다고 하면 그건 허풍이 아닐 수 없다.

• 깐얼즈(干儿子)로 사회적인 관계(關系, 꽌시) 맺기

중국에는 수양딸, 수양아들 삼기와 의형제 맺기 등의 관습이 꽤 널리 퍼져 있다. 양부모와 수양딸, 수양아들 사이에 새로운 인간관계가 형성된다. 여기에는 여러 가지 환경과 역사적 요인이 작용하는 것 같다. 혹시나 자신에게 일어날 사고에 대비해 자식을 지키려는 마음, 후견인을 두어 자식을 잘 키우고 싶은 마음, 아이와 사주팔자가 맞지 않는 경우 양부모를 맺어줌으로써 새로운 운명, 새로운 인맥을 만들고자 하는 뜻이 담겨 있지만, 친부모와 양부모의 인맥 맺기를 위해서 아이를 이용하는 경우도 적지 않다.

중국의 인맥 문화는 세계적으로 잘 알려진 문화다. 중국인들은 인맥 없이는 어떤 일도 도모하기 어렵다는 인식을 가지고 있다. 인맥은 혈연관계를 무엇보다 소중하게 여기는 중국인이 사회적으로 만들어낸 유사 혈연 네트워크이다. 중국에는 동학, 동료, 동지 등 유달리 동질감을 강조하는 단어가 많다. 이는 자신을 중심으로 맺어진 사회적 관계를 통해 상대와 자신의 동질성을 강조하고 사회적으로 자신을 지지하는 힘과 권력으로 만들어가고자 하기 때문이다. 그래서 종종 사회적인 관계를 혈연의 강한 관계 안으로 끌어들이려는 의도를 보이곤 한다. 깐얼즈(干儿子) 문화는 사회적 관계를 아예 처음부터 혈연의 관계로 설정해서 그 사람의 인맥을 자신의 인맥으로 전환하려는 전략의 일환으로 여겨진다.

김대중 전 대통령의 부인 이희호 여사가 2000년도에 한국관광 홍보 대사로 위촉이 되어 한국홍보 활동을 했던 중국가수 쑨웬을 깐얼즈로 삼은 일은 우리에게 알려진 일이다. 중국 정치인으로서는 이붕 총리가 주은래의 양아들이었고, 장쩌민은 항일투사인 장싱창의 양아들이었다. 그리고 양상곤의 양아들인 나유진은 기업 회장으로 활동을 하고 시진핑 주석 이후 중국의 대권을 노린다는 장쑤성 리창 서기가 한때 시진핑 주석의 양아들이라는 소문이 돌기도 하였다. 장래가 촉망되는 사람을 자신의 양아들로 두어서 후견을 하고 정치적인 동맹지간으로 삼는 일이 중국에서는 고금을 통틀어 드문 일이 아니다.

나 역시 중국인의 양아들이 된 적이 있다. 요녕성(遼宁省) 안산(鞍山) 인근의 하이청(海成)이란 작은 도시는 중국에서 가장 유명한 활석과 마그네사이트 광산이 있는 곳이다. 활석은 화장품이나 백지 등의 원료로 사용되는 광물로 당시 하이청시에서 거의 전량이 한국으로 수입이 되고 있었다. 한번은 활석광산의 링창만 창장(사장)이 나를 집으로 초청하고 그 마을 사람까지 다 불렀다. 거기서 상을 차려놓고 마주 보고 세배를 하듯이 맞절을 하고 나서 나에게 정중하게 이야기를 꺼냈다. 나를 깐얼즈로 삼겠다는 이야기였다.

내가 잠시 생각해보니 중국에서 중국인의 양아들이 되는 것이니 '불감청고소원'인지라 고맙게 받아들여야겠다고 마음을 먹고 양부모가 되실 분에게 정중하게 인사드렸다. 그때부터 십 년 넘게 그분은 나를 진짜 아들처럼 관심을 가져주고 명절 때면 집으로 초청하며 그분의 자식들도 나를 형, 오빠 하고 부르며 따랐다. 나도 어머니가 중국에 오실 때 어머니를 양부모에게 소개하고 내 형제들도 소개하면서 친가족처럼 지냈다.

깐얼즈 관계가 되면서 나의 비즈니스에도 많은 도움을 받았다. 실제로 나의 양아버지 링창만 창장은 내가 갑작스러운 사업 자금이 추가로 필요할 때 마치 자기 아들한테 하듯이 나에게 선뜻 자금을 빌려주는 등 적지 않는 도움을 주었다. 물론 깐얼즈라는 기회를 이용하는 것은 당시 나로서는 어쩔 수 없는 계산적인 선택일 수 있었지만, 그 후에는 이거 참 잘했구나 하는 생각이 들었다. 열세 살에 일찍 아버님을 여읜 나로서는 정말 아버지의 정을 다시 받는 느낌이 들었다.

중국에서는 이런 문화를 적극적으로 받아들여서 삶의 영역을 넓히는 것도 하나의 길이다. 한국에서는 전 광운대 조무성 이사장님같이 순수한 마음으로 나를 도와주신 분들도 있었고 중국에서는 요녕대 풍옥충 총장같이 십수 년 동안 나를 후견인으로 지지해주는 분도 계셨다. 비즈니스 관계에서 양아들이란 인맥은 사업적으로 큰 도움과 탄력으로 작용한다. 중국문화에 적응하고 자연스럽게 융화되는 것이 사업에 상당히 도움이 되는 건 언제나 맞는 말이다.

• 남녀노소 누구나 댄스 댄스

중국인의 춤에 대한 관념은 즐거운 오락, 신나는 취미 활동 그이상 이하도 아니다. 춤을 추는 곳은 한국처럼 소위 춤바람 나는 불륜과 음란의 장소가 아니다. 중국의 춤은 매우 건전하다. 대낮에도 공원이나 광장 같은 곳에서 어김없이 춤판이 벌어지는데 모르는 남녀가 음악에 맞춰 신나게 춤을 즐긴다.

대련에 있을 때의 경험이다. 추운 겨울날 밤, 술자리를 마치고 집으로 돌아가면서 술을 깨려고 일부러 걸어간 적이 있었다. 아동공원 근처를 지나는데 어디선가 음악 소리가 들려왔다. 이 겨울 밤중에 어디서 나는 음악일까? 호기심이 들어서 소리가 나는 곳으로 다가갔다. 깊고 푸른 겨울밤의 공원 한구석에 반짝거리는 전등이 몇 개 켜져 있었고 키 작은 노인들이 쌍쌍이 손을 맞잡고 음악에 맞춰 빙글빙글 돌면서 춤을 추고 있었다. 늦은 시간 고요한 겨울밤에 공원 한쪽에서 빙글빙글 돌아가는 춤사위를 보고 있자니 나는 어떤 동화의 한 장면을 실제로 보고 있는 느낌과 함께 감동이 밀려왔다. 그때 중국인에 대해서 많은 것을 느끼게 되었다. 아, 이 사람들은 참 따뜻하게 사는구나. 가난하지만 정신적인 여유와 행복을 추구하는 그들의 마음이 내 가슴으로 전해져왔다.

중국인들은 시간만 되면 언제 어디서든지 공원이면 공원, 광장이면 광장에 나와서 춤을 춘다. 춤은 그들의 일상이고 인생이고 행복이다. 춤은 건강에도 많은 도움이 된다. 노인들도 집에만 있지 않고 밖에 나와 춤을 즐기는데 중국 노인들이 건강한 이유가 춤과 태극권에 있다고 생각한다. 중국인들은 한국에 정착해서도 광장에 나와 춤을 춘다. 구로 등지에 가보면 거리에 나와 단체로 춤을 추는 중국인들을 쉽게 발견할 수 있다. 반면에 한국에는 광장이나 공원의 춤 문화가 없다. 누군가 밝은 대낮에 거리에서 춤을 춘다면 매우 어색하고 기괴하다고 생각할 것이 분명하다. 건전한 스포츠댄스조차도 헬스장에서 해야 하는 것으로 한국인들은 생각하고 있다. 나 역시 중국에서 광장이나 공원에서 그들과 어울려 춤을 춘 적이 없다. 한국이 중국을 배웠으면 하는 항목 중의 하나가 바로 이 춤 문화이다. 대낮에 길거리에서 남녀노소가 같이 스스럼없이 춤을 추는 나라. 무언가 즐겁고 따뜻하지 않은가?

• 애인과 정인

중국에서는 아내를 애인(愛人) 혹은 타이타이(太太)라고 부르고 여자친구와 남자친구는 정인(情人)이라고 부른다. 그래서 중국인이 한국인에게 자기 부인을 애인이라고 소개해서 오해를 사는 경우도 종종 있다. 발렌타인데이를 중국에서는 정인절(칭런지에, 情人節)이라고 하는데 일반적으로 정인은 결혼한 사람이 몰래 숨겨둔 연인을 일컫는 말이라고 한다. 미혼남녀의 연인은 우리와 비슷하게 남친(男朋友, 난펑여우) 여친(女朋友, 뉘펑여우)라고 표현한다.

중국은 불법이나 비도덕적인 행위에 대해 상당히 너그러운 입장을 견지한다. 대인은 소인의 과실을 따지지 않고 큰일은 작게 처리하고, 작은 일은 없애버리는 것이 그들의 일 처리 방식이다. 중국인은 당원이나 고위직 혹은 공무원 간부들을 제외한 일반인들은 자신의 여자친구를 공식적인 자리에도 데리고 다닌다. 한국인으로서는 꿈도 못 꿀 일인데도 중국은 아무렇지도 않다. 한국인이 이해하지 못하는 부분이 일반적인 중국인들은 자기의 정인을 공식 석상에도 데리고 다니며 인사를 시킨다는 점이다. 마치 히딩크가 자기 아내가 있음에도 불구하고 자신의 여자친구를 공식 석상에 데리고 다니듯이 말이다.

개인의 사생활에 대해 중국인은 별로 간섭하지 않는다. 애인은 애인이고 마누라는 마누라라는 식이다. 중국인은 혼외연애에 대해 자신들만의 독특한 해석이 있다. 중국의 혼인법에는 혼외연애 금지 조목이 없고 간통은 죄로 명시되지 않았다는 것이다. 그 때문에 정부나 연인을 두는 것은 도덕적인 문제이지 법적으로 문제가 되지 않는다는 것이다. 그러나 정말 중요한 것이 있다. 외국인과 현지인의 불륜관계는 중국에서 법적으로 큰 문제가 된다는 점이다. 이것만큼은 잘 알아둘 필요가 있다.

· **중국의 담벼락문화, 그리고 인터넷**

중국 문화의 특징 중에 하나로 담벼락문화를 지적하는 사람들이 많다. 중국은 역사적으로 북방민족으로부터 끊임없는 침범을 받아왔고, 중국의 대륙에서 중국을 통치한 나라는 대부분 북방민족이었다. 그리고 내부적으로도 춘추전국시대 이후로 삼국지에서 벌어지는 내전과 농민의 난 등 숱한 반란을 끊임없이 겪었다. 그들은 침략과 반란과 내전을 막고자 만리장성이라는 거대한 성을 구축했고, 마을과 도시를 여러 겹의 담벼락으로 막음으로써 외부의 두려움을 해소하고자 했다.

지금도 중국 전역에는 담벼락을 이용하여 폐쇄적으로 만들어진 마을도 많고 북경의 후통(胡同, 골목)에서도 폐쇄적인 가옥의 형태를 쉽게 발견할 수 있다. 중국 마을 어귀나 시장의 입구에는 패방(牌坊)이라는 높다란 탑 형태의 대문이 있다. 그것은 마을을 상징하면서 그들만의 영역이라는 표식이다. 패방은 수나라와 당나라가 곳곳에 도성을 구축하면서 각 마을을 일정한 규모의 정방형으로 나누고 담을 둘러서 마을을 관리하면서 생겨났다. 중국뿐 아니라 세계 곳곳에 있는 차이나타운에 가면 마을 입구에 어김없이 마을을 상징하는 조형물인 패방이 서 있는 것을 볼 수 있다. 지금도 도심에 지어지는 아파트를 보면 유별나게 폐쇄적인 형태의 담이나 철창이 둘러쳐져 있다. 담벼락 문화는 그들만의 끈끈한 결속과 소속감을 강화하는 동시에 외부에 대한 강한 배척을 의미한다. 그러면서 외부의 문화를 그들의 필요에 따라 선택적으로 받아들이고 들인다. 중국인은 열린 광장에서 사람과 어울리고 쉽게 친구를 맺지만 닫힌 공간에서는 철저하게 외부와 단절하고 자신과 가족, 이웃과 지역 간의 내부 결속을 강화한다.

중국은 역사적으로 중원을 중심으로 영토와 문화의 영역을 조금씩 넓히면서 다른 모든 문화를 용광로처럼 흡수했다. 하지만 그들은 외부문화에 동화되지 않았고 오히려 외부의 침략자들이 중국의 문화에 동화되어 오늘날의 중국이 되었다. 중국은 닫혀 있는 나라이지 열린 나라가 아니다. 열리는 경우에는 그들이 필요한 경우에만 담벼락을 조금 열어주고 그것을 자기들의 것으로 만든다. 한국에서는 외래어를 그대로 사용하지만 중국은 꼭 자기네 나라로 음역을 한 뒤에 사용한다. 코카콜라는 커커우컬러(可l1可樂), 켄터키치킨은 컨더지(肯德基), 이런 식으로 말이다. 그들이 좋아하는 휴대폰 브랜드인 애플조차노 사과를 뜻하는 핑구어(苹果)라고 부르지 애플이라는 원음 그대로 부르지 않는다. 그들은 절대 외래어를 그대로 사용하는 경우가 없다. 물론 여기에는 중국어가 외래어를 사용하기에 불편한 구조인 이유도 있지만, 중국인 자체가 외래어 사용을 거부하려는 마음, 곧 중화사상을 강하게 품고 있기 때문임을 알아야 한다.

중화사상도 일종의 거대한 담벼락이다. 그들은 그들의 생존을 위하여 자신들의 고유한 역사와 문화의 범위를 조금씩 확대하면서 주변의 소수 민족을 흡수했다. 흡수하는 방식도 화학적인 결합이 아니라 담벼락을 둘러치고 관리하면서 그들을 조금씩 한족 사회로 흡수시키는 방식을 견지한다.

인터넷 역시 마찬가지다. 중국은 생각보다 인터넷이 빨리 발달한 나라다. 중국이 개혁/개방 이후로 시골 단위까지 경제적으로 성장하면서 가장 먼저 보급된 것이 핸드폰이다. 넓고 넓은 중국 대륙의 시골 구석구석에 유선망이 깔리기도 전에 무선전화 문화가 수입되면서 중국은 유선망을 설치하는 시간과 비용을 소모함이 없이 바로 핸드폰의 시대로 접어들었다. 1990년대 초 중국에서는 따거다(大哥大)라는 말이 대유행하였다. 따거다는 핸드폰을 들고 다니는 부유한 사람을 매우 큰 형이라는 극존칭으로 표현한 말이다. 변변한 집에도 유선전화가 제대로 없던 시절에 핸드폰을 들고 다니는 사람은 주위의 눈길을 끌 수밖에 없는 선망의 대상이었다.

핸드폰은 특히 말하기를 좋아하는 중국인의 로망이었다. 주머니 사정이 넉넉하지 않은 중국인에게 값싼 짝퉁 핸드폰은 비록 대리만족이지만 로망을 달성할 수 있는 좋은 수단이었다. 여유가 있는 사람은 삼성 핸드폰을, 그렇지 못한 사람들은 짝퉁을 들고 다니기 시작하였다. 당시에는 시골에 가면 어느 곳에서도 높은 무선전화 중계탑이 서 있거나 한참 건설하는 모습을 볼 수가 있었다. 무선은 유선보다 훨씬 적은 비용으로 중국 전역을 빠른 시일 내에 커버할 수 있는 좋은 통신 수단이었다.

그렇게 대부분의 중국인이 유선전화를 거치지 않고 바로 핸드폰문화로 접어들자 중국은 그다음 단계인 인터넷과 전자상거래, 간편결제 문화로 바로 진입하였다. 어느 날 갑작스러운 무선전화의 발전은 기본의 규제와 제한이 없는 상황에서 그야말로 자유

분방한 형태로 승승장구 발전을 거듭하였다. 그런 문화의 배경에서 알리바바, 텐센트, 위쳇페이 등 세계적인 인터넷 비즈니스가 탄생된 것이다.

인터넷은 중국에 갑작스러운 형태의 경제시스템을 만들었지만, 정치적으로는 중앙정부 차원에서 매우 어려운 과제를 던져주었다. 전 세계적으로 열린 인터넷 공간은 중국을 지탱하는 공산당 관리체계의 큰 위험으로 떠오른 것이다. 그래서 그들이 해결책으로 내세운 것이 바로 그들의 고유한 담벼락 문화이다. 만리장성으로 북방민족의 침입을 막고 내부 결속을 유도했던 중국은 인터넷 시대에 또 하나의 만리장성을 만들어서 인터넷의 외부 침입을 막고 있다. 중국은 그레이트 파이어월(Great Firewall, 인터넷 만리장성)이라는 이름의 프로젝트로 방어벽을 치고 수많은 인력을 동원하여 인터넷을 감시하고 있다.

중국 정부의 규정에 벗어난 인터넷 사이트와 모든 정보는 철저하게 차단되어 중국에서 접속할 수 없다. 이전에는 VPN을 통해 그나마 우회적으로 접속할 수 있었는데 지금은 그것까지 완벽하게 막아놓은 상태다. 그러다 보니 구글이나 애플 같은 세계 제일의 기업도 중국에서는 다른 나라에서처럼 마음 놓고 기업 활동을 할 수가 없다. 오히려 그들은 중국의 비위를 맞추기에 급급할 뿐이다.

그렇다고 중국 인민들이 인터넷 통제를 불편해하는 것은 아니다. 중국의 인터넷 기업들은 구글이나 애플 등의 우수한 다양한 무료 서비스를 바로 복제해서 중국인에게 무료 혹은 저렴한 가격으로 공급하면서 자신들의 영역을 확대하였다. 바이두 같은 기업은 처음부터 세계의 모든 노래의 음원을 무료로 내려받을 수 있는 다양한 무료 서비스를 제공한다. 자신들이 원하는 이상으로 중국 인터넷 기업이 다양한 무료 서비스를 제공하고 값싼 단말기를 공급하는데 무슨 불만이 있겠는가? 대다수의 중국인은 오히려 인터넷상에서 정부를 적극적으로 옹호하고 외세를 배척하는 강력한 세력으로 존재한다.

한때 구글은 바이두와 경쟁하기 위하여 중국에서는 모든 음원을 무료로 다운받을 수 있도록 하였지만 결국엔 경쟁에서 밀리고 중국시장을 포기하기에 이른다. 구글이 중국정부의 규제 때문에 경쟁력을 잃은 것이 아니라 구글보다 바이두가 중국인에게는 더 편하고 유용하기 때문에 구글이 중국에서 사라진 것으로 나는 생각하고 있다. 지금 중국에서는 한국노래를 무료로 무제한 내려 받을 수 있다. 하지만 한국에서는 지적재산권을 중국에 청구한 적이 없고 그럴 엄두도 내지 못하고 있다. 중국 법원에 지적재산권 소송을 제기해도 소용이 없다. 중국은 외국기업의 손을 들어주는 법이 없다. 중국은 요즘 문제가 되는 비트코인 등의 암호화폐의 거래서비스를 제공하는 모든 웹사이트에 대해서도 접속을 차단하였고 아예 비트코인 채굴을 완전 분석하고 채굴 자체를 할 수 없도록 만들었다. 그들에게 인터넷 만리장성은 군사력 이상으로 중요한 자기 방어 수단인 것이다.

중국은 자기들만의 지역적인 울타리, 정신문화의 울타리, 사상의 울타리, 인터넷 울타리로 완벽하게 둘러싸인 거대한 성이다. 인구와 자원이 풍부한 중국은 그 울타리 안에서 자체적으로 모든 활동을 하면서 자신들의 생존과 안전을 지키면서 그들의 문화와 사상과 경제의 힘을 길렀다. 그리고 그 힘이 흘러 넘쳐나는 지금 중국은 충만한 자신감으로 바깥세상으로 자신들의 영역을 급속하게 넓혀 가고 있다.

• 중국의 종교는 우리가 아는 것과 다르다

중국은 공산주의 나라이지만 종교에 대해 생각보다 훨씬 너그럽다. 전통적으로 유교와 도교와 불교의 나라인 데다가 각 소수민족의 독특한 종교를 인정하지 않고서는 중국이라는 나라를 제대로 관리할 수 없기 때문이다. 또 경제의 급속한 발달로 빈부격차 등의 예기치 못한 어두운 그림자들이 많이 생겼는데 중국정부는 이 부분에서 종교의 역할에 주목하기 시작하였다. 이전에는 수동적으로 종교를 인정하는 수준이었지만 산업화 이후 중국은 종교를 적극적으로 활용하기 시작한다.

불교는 개방과 산업화 과정에서 그야말로 떼돈을 벌어서 오히려 불안한 신흥부자들에게 마음의 안식처가 되고 유교는 전통문화를 지키고 국가조직에 충성하는 기반으로 활용될 수 있으며 기독교는 산업화에 밀려 불안해진 도시민과 농공민들에게 마음의 안식을 주는 등 종교가 국가적인 차원에서 인민들에게 해줄 수 없는 부분을 채워주었다. 중국 정부는 종교가 체제를 비판하는 세력이 아니라 오히려 체제의 안정에 도움이 될 수 있음을 파악하고 종교를 적극적으로 관리하기 시작하였다.

중국에 거주하는 외국인들의 종교활동에도 제약이 없다. 내가 있던 심양에서만 해도 한국인 교회가 다섯 개나 될 정도로 활성화되어 있다. 그중 가장 규모가 큰 심양한인교회 같은 경우에는 수년에 걸쳐 심장병 어린이를 한국에 데려와 무료로 수술을 받게 하고 명절이면 가난한 중국 가정에 쌀을 제공하는 등 여러 가지 다양한 봉사활동을 정부의 지지를 받으면서 펼쳐 나가고 있다.

단, 중국정부에서 문제로 삼는 부분은 중국인과 외국인의 종교 활동이 함께 섞이는 것이다. 중국인의 종교 활동에 외국인이 참여할 수 없고 마찬가지고 외국인의 종교 활동에 중국인의 참가할 수 없다. 종교집회도 사전에 허가받은 장소에서만 가능하다. 한국에서 많이 진출한 선교사들이 중국의 가정을 직접 방문

하는 행위는 중국 정부가 가장 싫어하는 불법에 속한다. 종교 역시 그들 나름의 울타리를 치고 외부에서 들어오는 것을 막고 있다. 따라서 심심치 않게 들려오는 한국선교사들의 추방은 그들이 중국인에게 직접적인 선교활동을 하다가 적발된 경우에 해당한다.

나는 이 점에서 중국에서의 선교활동은 중국인들에게 맡겨두는 것이 좋다는 입장이다. 예수도 가이샤의 것은 가이샤에게 주라고 하지 않았던가? 외국 선교사의 도움 없이도 곳곳에 교회가 세워지고 신자가 늘어나는 지금의 중국 상황을 볼 때 무리하게 선교활동을 하기보다는 중국 정치체제의 현실을 인정하면서 중국에서 자체적으로 종교가 확대되고 성장하기를 기대하는 편이 좋을 것 같다는 생각을 한다.

• 중국의 샹차이(香菜)와 해바라기 씨

처음 중국에 갔을 때 가장 적응하기 어려웠던 것이 샹차이(香菜)라는 중국 채소였다. 한국 이름은 고수인데 한국사람에게는 생소한 채소로 절간 등 일부에서만 먹는 채소로 알려졌다. 샹차이는 뭔가 비릿한 비누 냄새와 해초 냄새가 섞인 맛인데 이것을 처음 대하는 한국사람들은 그 비릿한 맛을 견디지 못하고 바로 뱉어내기 십상이다. 요즘에야 중국과 동남아 여행하는 사람들이 늘면서 샹차이를 찾는 한국인들도 많이 늘어나고 있지만 1990년대 해외여행이 제한되던 시절만 해도 중국의 샹차이는 한국사람이 먹기에는 보통 고역인 음식이 아니었다. 그래서 한국인이면 누구 할 것 없이 중국식당에 가면 제일 먼저 하는 일이 종업원에게 샹차이를 넣지 말아 달라고 주방에 부탁하는 일이었다. 중국인들은 그런 모습을 보면서 키득키득 웃고 심지어는 주방에 샹차이 한 접시를 달라고 부탁해서 내가 보는 앞에서 샹차이를 우걱우걱 입에 넣은 모습을 일부러 보여주기도 하였다. 샹차이는 샤브샤브와 같이 고기와 채소를 끓인 물에 살짝 데쳐서 먹는 훠궈뿐만 아니라 만두 속이나 각종 고급요리에도 눈에 안 보이는 형태로 들어간다.

나 역시 처음에는 샹차이를 골라내려고 무진 애를 썼는데 어느 순간 샹차이에 대한 거부감이 없어지더니 샹차이가 맛있다는 생각이 들기 시작하였다. 그때부터는 어떤 중국요리도 두렵지 않게 되었고 오히려 중국의 풍부한 요리를 맘껏 즐길 수 있었다. 나처럼 중국에 오래 살게 되면 자신도 모르게 샹차이에 적응이 된다. 중국에서는 한국인이 샹차이를 잘 먹을 수 있다면 중국에 적응이 끝난 것으로 인정을 해준다. 그런데 샹차이는 정력에 좋지 않다는 이야기가 있다. 마치 한국에서 고사리가 남자 정력에 좋지 않다는 속설이 있듯이 말이다. 그래서 한국인들이 중국에서 샹차이를 더욱 꺼린다는 말도 있다. 하지만 연구 결과로는 샹차이가 오히려 정력에 좋은 채소라고 한다. 부추보다 더 효과가 좋다는 이야기도 있다. 그런데 이렇게 정력에 좋은 것을 한국에서는 절의 스님들이 즐겼다는 점이나 한 자녀 정책을 수십 년이나 유지한 중국에서 일상적으로 즐겼다는 점은 좀 아이러니하다.

샹차이와는 다른 의미로 중국 하면 생각나는 것이 해바라기 씨다. 중국에서는 해바라기 등 각종 씨앗을 아예 입에 물고 다닌다고 할 정도로 수시로 먹는다. 하도 해바라기 씨를 까먹다 보니 앞니가 닳아서 부러지거나 톱니처럼 울퉁불퉁하게 변형된 경우도 흔하다. 고소한 해바라기 씨는 한국인의 입맛에도 딱 맞는다. 중국 어디서나 거리 곳곳에 거대한 솥에 해바라기 씨를 볶는 행상인들을 쉽게 볼 수 있다. 그리고 버스나 기차 대합실은 물론 기차 안이나 비행기 안, 심지어 공공장소나 사무실에서도 수시로 해바라기 씨를 까먹고는 휙 바닥에 던져버린다. 중국인의 입과 손을 쉴 새 없이 바쁘게 만드는 해바라기 씨를 나도 무척 좋아한다. 한국에서는 구로 등지의 조선족타운에 가면 해바라기 씨를 싼값에 푸짐하게 구입할 수 있다.

12

한국인은 중국에서
왜 마지막에 망하는가

1992년 대한민국이 중국과 수교한 지 25년의 세월이 흘렀다. 그동안 많은 한국인이 중국에 가서 사업의 기회를 잡아보려고 노력했고 수많은 중국인도 한국을 다녀갔다. 지난 25년 동안 중국과 교류하면서 우리는 중국에 대해서 많이 알게 되었다고 생각한다. 처음에 중국에 가면 모든 것이 돈으로 보인다. 식당을 예로 들자면 대개는 10개 중 5개가 실패하고, 3개는 본전을 겨우 맞추며, 나머지 2개만이 성공하지만 자기의 눈에는 성공한 2개만 보이고 자신의 노하우라면 중국에서 큰 성공을 할 것으로 생각한다.

중국에 진출한 처음 2년간은 누구나 할 것 없이 중국 박사가 된다. 한국인이 중국에 간 지 처음 2~3년 정도 지날 무렵이 투자를 가장 많이 하는 시기라고 한다. 지인이 많다고 자랑을 하고 자기가 하면 주변 사람들이 자기를 다 도와주고 다 잘될 것 같다는 생각이 든다. 하지만 중국에서 10년을 지낸 사람은 자신이 중국에 대해 바보라고 인정을 하고 아무 말도 못 하게 된다. 중국은 너무나 넓고 깊고 복잡하다.

비단 일개 장사치뿐만 아니라 정치가나 큰 사업가들도 중국에 대해서 몰라도 너무나 모른다. 피상적인 대접과 웃음 뒤에 그들이 무엇을 생각하고 계산하고 평가하는지 잘 모른다. 이 점을 간과하거나 너무 쉽게 생각하기 때문에 한국사람은 중국에서 처음에 성공하는 것 같으면서도 결과는 실패로 끝을 맺는 경우가 너무나 많은 것이다.

중국인에게 2~3년이란 시간은 아무것도 아니다. 최소 10년 이상 조경사를 같이하는 사이가 아니라면 그들이 진짜 친구라고 여기는 라오펑여우(老朋友, 오랜 친구)가 될 수 없다. 중국인은 자신이 믿는 사람에게 배신당했다고 생각하면 시간이 걸리더라도 천천히 복수를 실행한다. '군자의 복수는 10년이 늦지 않는다(君子報仇 十年不晩)'는 중국인들의 생각은 엄연한 현실이다.

중국에 오래 있다고 중국을 다 아는 것이 아니다. 중국은 계속 변하고 발전하고 있다. 지금 중국인들은 세계여행을 다니고 호화쇼핑을 하는 등 생활수준도 급속하게 올라왔다. 중국기업의 기술 역시 어느새 세계 최고의 수준에 올랐다. 하지만 우리는 중국과 중국인을 여전히 우리보다 뒤진 상대로 생각하는 경향이 있다. 물론 수교 초기에는 우리에게 기회가 많았다. 하지만 내가 경험한 바로는 한때의 찬란한 중국 생활 뒤에 돈을 챙겨서 한국으로 돌아오는 사람은 거의 없다. 한때의 성공에 취해 시시각각으로 변하는 중국의 변화를 등한시한 결과이다. 나는 중국에 25년간 있으면서 주변의 많은 한국인과 한국기업의 성공과 좌절을 목격하였다. 물론 거기에는 나 자신도 포함된다. 많은 한국인이 중국에서 초기에는 성공을 거두다가 나중에 가서는 실패하고 빈털터리가 되곤 하는데 여기엔 중요한 이유가 있다. 왜 한국인이 중국에서 초기에는 성공하다가 나중에 가면 대부분 망하는지에 대하여 나의 경험과 주변의 경험을 모아서 정리해보고자 한다.

• 초기의 성공에 취해 초심을 잃고 교만해진다

중국 진출 초기부터 어렵더라도 법과 규정대로 사업을 시작했다면 나중에 가서도 큰 문제는 없지만 모든 사람이 중국에 가서 처음부터 친구 관계를 이용해서 발등의 문제를 해결하는 것이 대부분이다. 그리고 초기에는 그것이 잘 통한다. 처음 알게 된 중국인들이 자신의 인맥을 활용하여 성심껏 도와주기 때문이다. 그러다가 나중에는 한국인의 마음이 변하고 조금씩 교만해지며 중국사람을 대하는 태도가 달라지면서 결국에는 실패의 길로 들어서게 되는 것이다. 중국에 진출한 초기에 어느 정도 성공을 해서 자리를 잡게 되면 어느 시점부터 초기의 순수함과 열정으로 가득 찼던 마음이 변하게 된다. 처음엔 중국인을 위해 1,000원을 쓰더라도 진심으로 썼는데 나중에는 10,000원을 쓰면서도 진정 어린 마음이 없어진다. 그러면서 자신 곁에는 늘 도와주는 중국인 친구들이 있으니까 그들이 여전히 나를 도와줄 것으로 생각한다. 결정적으로 한국사람은 너무나 급하고 너무나 잘난 척한다. 중국인들은 대부분 그 단계에서 발을 뺀다. 한국인들이 중국인이 원하는 진정한 친구 관계가 무엇인지 모르고 피상적으로만 대하고 필요한 만큼만 이용한 결과이다. 예를 들어 중국인의 가족이나 친척이 상을 당해 묘지에 갈 때는 얼굴만 비추고 오는 것이 아니라 장례가 다 끝날 때까지 같이 있어야만 진정한 친구가 된다. 중국문화에서는 동질감으로 이루어진 관계, 즉 동지의식이 기반이 된 관계가 진짜 친구 관계가 되는 것이다.

대다수의 중국인은 시간이 지나도 친구를 초심으로 똑같이 대해주는 데 반해, 한국사람은 어느 시점부터는 자기를 도와준 사람들에게 조금씩 거리를 두기 시작한다. 그러면서 이제까지 쌓아올린 성공이 자신의 능력으로 만든 것이라고 생각한다. 그러면 중국사람들은 어, 이거 봐라 하면서 경계를 하기 시작하고 거기서부터 관계의 균열이 생긴다. 작은 균열로 결국엔 커다란 댐이 무너지듯이 시간이 지나면서 인간관계가 깨진다. 초기에는 서로 친구 관계로 마음을 열고 문제를 해결하였지만 그다음부터는 조그만 꼬투리가 잡혀도 중국인의 도움을 받지 못하고 큰돈을 써서 해결해야 하는 피곤하고 어려운 상황에 부닥치게 되고 결국은 중국에서 갈 길을 잃고 헤매다가 길거리에 주저앉게 된다.

• 중국은 이미 기술적으로 우리와 대등하거나 앞선다

중국에 진출한 한국 기업이 실적 부진에 빠지거나 실패하는 이유는 중국 기업에 경쟁력에서 밀리기 때문이다. 중국은 이제 한국보다 더 훌륭한 제품을 만드는 나라가 되었고 한국으로부터 배울 기술들이 이제는 거의 없다. 한국은 과거 중국을 해외시장 진출을 위한 교두보로 삼았고 한류를 등에 업고 중국에 대거 진출했지만, 중국 본토 기업은 혁신적인 생산 시스템과 브랜드 개발로 경쟁력을 크게 강화해 이제는 한국을 초월해 유럽 및 미국 기업과 경쟁하는 시점에 달했다.

개인적인 자질 측면에서도 사업에 필요한 자금과 노하우와 정보와 인맥이 이미 잘 갖춰져 있어서 한국인 개개인보다 경쟁력이 오히려 앞선다. 심지어는 조선족들이 한국에서 일하면서 한국음식을 배우고 돈을 저축해서 중국에 돌아가 한국식당을 여는데, 한국인들이 연 식당이 이에 밀리는 형국이다. 중국인들은 조그만 식당 하나를 하더라도 한국의 유명 브랜드를 중국 이름으로 등록해 놓고 시작한다. 내가 보는 관점에서는 중국에 진출하는 한국인 개개인의 경쟁력에서도 중국 현지인에게 밀린다. 중국에 진출해서 성공하려면 한국기업과 한국인이 더 잘할 수 있는 일을 찾아야 한다. 예전에는 중국에 오면 낮은 인건비를 활용해서 공장을 쉽게 돌릴 수 있었지만 이젠 그것이 거의 불가능하다. 이미 중국인들이 우리보다 훨씬 잘한다. 우리가 중국에서 중국인보다 잘할 수 있는 일이 과연 무엇인지 찾아보는 것조차 결코 쉽지 않은 것이 현실이다.

• 중국에서의 사업은 한국보다 훨씬 돈이 많이 든다

단돈 몇 푼을 들고 중국에 와서 성공을 꿈꾸는 사람들이 있다. 예전에는 그나마 중국에 돈이 없고 물가가 저렴한 시절이어서 한국보다 오래 버틸 수 있었지만, 지금은 절대 아니다. 현지인이 아닌 외국인의 입장에서 중국에서 먹고 자고 움직이는 생활 비용이 한국보다 훨씬 많이 든다. 사업 진행을 위해 통역이나 최소 인원의 현지인을 고용할 수밖에 없으니 고정적인 인건비 지출도 만만치 않다.

한국에서 돈이 없어서 쩔쩔매는 사람이 '중국에 가면 뭔가 될 거야'라는 안일한 생각을 한다면 그 사람은 백 퍼센트 망한다. 중국에서의 사업에는 한국에서의 사업보다 몇 배의 자금이 필요하다. 수입이 전혀 없이 최소 3년 이상 버틸 만큼의 자금이 있다면 중국에 들어와도 된다. 한국에서도 성공할 수 있는 노력과 자본이 있어야 중국에서도 성공할 수 있다. 중국은 한국에서 성공한 사업을 중국으로 확장하는 개념에서 접근해야지 적은 자본을 들고 와서 중국에 모든 것을 걸고 서둘러 신화를 만들겠다는 낭만적인 생각으로 접근하면 망할 수밖에 없다.

중국에서는 섣불리 돈을 쓰지 말아야 한다. 서두른다고 되는 일이 하나도 없다. 그것보다는 충분한 기간 중국에 머물면서 중국을 공부하고 중국인과 사귀면서 자신이 잘할 수 있는 사업아이템을 찾고 그 사업에 대한 모든 법과 규정을 먼저 충분히 공부하며 사업을 함께할 수 있는 중국인 파트너를 찾고, 서로 신뢰할

수 있는 인간관계를 만든 다음에 사업을 시작해도 절대 늦지 않
다. 중국에서 사업을 하려면 중국인보다 더 느긋한 만만디 정신
이 필요하다.

• 중국에 와서도 중국을 공부하지 않는다

한국인들은 중국에서 너무 태평하고 낭만적인 기대감으로 사
업을 시작한다. 중국에서 대해서 아무것도 모른 채, 무작정 중국
으로 넘어오는 사람들도 있다. 최소한의 중국어와 최소한의 중
국문화, 그리고 최소한의 중국예절이라도 공부를 해야 한다. 그
리고 중국에 와서 실질적으로 중국인과 몸을 부딪치며 언어와
문화와 예절에 대해 공부하고 익혀야 하지만 적지 않은 한국인
은 중국에서 여전히 한국인과 어울린다.

북경과 상해, 심양, 천진, 청도, 연변 등 중국의 많은 도시에 한
국인들이 살고 있다. 물론 그중에는 훌륭한 분들도 많고, 정말
열심히 생활하는 분들도 많다. 그렇지만 그중에는 중국에서 자
리를 잡지 못하고 전전하거나, 여러 가지 사정으로 한국에 있을
수가 없어서 중국을 피난처 삼아 중국에 머무는 사람도 많아서
막상 배울 것도 없고 오히려 조심하고 경계해야 하는 한국인들
도 적지 않다.

중국에 왔으면 중국인을 사귀어야 한다. 언어가 부족하면 언어

를 배우고, 문화를 잘 모르면 그들의 문화에 스스로 동화되도록 노력해야 한다.

• 통역의 중요성을 너무 소홀히 여긴다

통역의 중요성은 아무리 강조해도 지나치지 않는다. 중국어를 잘하는 한국인도 중요한 비즈니스 상담에는 통역을 대동하는 것이 상식이다. 최소한 중국어 통역이 자기가 원하는 말을 제대로 하고 있는지는 점검할 수 있어야 한다. 통역의 실수는 비즈니스의 실수와 직결이 된다. 중요한 의미를 놓치거나 상대방 대화의 복선적인 의미를 잡아낼 수 없는 통역은 비즈니스에 전혀 도움이 되지 않는다. 아 다르고 어 다른 것은 어느 나라 말이나 마찬가지다.

한국인은 말이 통하는 주변의 조선족을 소개받아 통역으로 데리고 가는 경우가 많은데 관광이 아니라 비즈니스를 하려는 사람으로서는 결코 해서는 안 될 일이다. 전문분야에 경험과 지식이 있는 사람을 통역인으로 찾아서 사전에 상담할 내용에 대해서 준비를 완벽하게 하고 난 후에 상담에 임해야 한다. 만약에 여건이 된다면 복수의 통역을 써서 누락되거나 의미가 잘못 전달되는 것을 철저히 방지해야 한다. 그리고 녹음기를 가지고 가서 나중에 다시 한번 대화 내용을 확인하는 것도 중요하다. 비즈니스는 말로 하는 전쟁이다. 상대방의 말뜻을 정확히 파악하고도 나의 뜻을 제대로 전달하지 못한다면 어떻게 말의 전쟁에서 이길 수 있을 것인가? 통역은 내가 동원할 수 있는 가장 효과적인 무기가 되어야 한다.

그리고 조선족은 같은 언어가 통하는 한국민족이니까 내가 말하고자 하는 의미를 잘 이해할 거라는 생각, 중국인이니 당연히 중국어를 잘 이해하고 잘 구사할 것이라는 생각을 버려야 한다. 여기에 더해 예쁘장한 통역을 데리고 다니는 한국인의 흔한 실수를 되풀이하지 않기를 바란다. 무엇보다 먼저 통역하는 사람의 지식수준과 경험을 파악해야 한다. 가능하다면 해당 분야에서 일하는 전문인을 찾아 통역을 부탁하는 것이 바람직하다. 당신이 정상회담에 임하는 대통령이라고 생각하고 통역을 그에 걸맞은 수준의 사람으로 준비하라. 나는 통역을 쓰는 비용만큼은 절대 아끼지 말라고 권하고 싶다.

• 법과 규정을 먼저 파악하고 난 다음에 인맥을 활용하라

중국은 인맥의 나라이지만 그 중심은 엄연한 법치국가라는 사실을 알아야 한다. 내가 앞서 이 책에서 구구절절하게 이야기한 골프장의 설립과 실패의 이야기를 참조하기 바란다.

중국의 법은 항상 인민의 이익을 생각해서 적용한다. 중국 인민에게 도움이 되지 않는 외국기업은 아무리 법적으로 완벽해도 생존할 수 없다. 반대로 인민에게 이득이 된다면 법도 유연하게 적용하는 나라이다. 한중 수교 초기에 한국기업이 중국에 진출할 당시는 설사 불법적인 요인이 있더라도 한국기업의 존재가 중국과 인민들의 생활에 도움이 되었기에 법 적용을 엄격하게 하지 않았다. 생산공장의 원료 수입 컨테이너에 한국인의 생필품을 몰래 가지고 와도 그들은 적발하지 않고 오히려 한국인 직원들이 불편하지 않도록 많은 배려를 했다. 세월이 지나 한국기업이 더는 인민들에게 도움이 되지 않는 상황이 도래하자 그들은 법과 규정을 가지고 기업을 압박하고 통제하기 시작하였다. 한 번 통했던 편법이 나중에는 통하지 않게 되는 이유이다. 초기에 성공에 취해 그 방식을 그대로 유지하려는 것은 자살 행위와 다름없다. 한때 현지로부터 많은 지원과 격려를 받은 사업이라도 세월이 지나 그들에게 도움이 되지 않게 되었다고 판단이 서면 가차 없이 하루라도 빨리 철수하는 것이 좋다.

• 중국 파트너를 너무 믿는다

최소한 마음을 줄 정도의 중국인 친구를 한 명 얻기 위해서는 최소 몇 년의 시간과 공을 들여야 한다고 나는 생각한다. 인간의 기본적인 성격은 물론 언어와 문화, 풍습, 취미가 다른 낯선 사람과는 첫 대면에 술 한잔 나누는 친구가 될 수 있을 것이다. 그러나 술친구가 진정한 비즈니스 친구가 되기까지는 수많은 시간이 필요하다. 술자리야 기분 좋게 보낼 수는 있지만, 비즈니스는 나뿐만 아니라 상대방에게도 인생을 건 모험일 수 있기에 신중에 신중을 거듭할 수밖에 없다. 상담 초기에 상대방이 서두른다면 그것은 분명 사업 자체가 아닌 다른 목적이 있다는 것을 빨리 눈치 채야 한다.

아무리 사소한 것이라도 항상 서류로 근거를 남기고 진행 상황에 대해서는 꼼꼼하게 계약서를 작성해야 한다. 아무리 구두로 백 번을 이야기해봐야 그것은 사적인 대화일 뿐 사업적인 계약이 아니다. 중국인은 술자리에서, 또는 사적인 자리에서 상대방을 띄워주는 좋은 이야기를 자주 하고 상대방이 원하는 것은 다 될 듯이 쉽게 대답한다. 하지만 그건 예의상 하는 덕담일 뿐이지 사업에 대한 약속이 아니다. 중요한 것은 문건으로 작성된 계약서이다. 약속을 문서로 남기는 것이 비즈니스라는 것을 명심해야 한다.

• 중국인의 신용을 예의주시해야 한다

중국인들은 경험상 한국인의 말을 잘 믿지 않는다. 허세와 허풍을 떠는 한국인을 많이 봐왔기 때문이다. 허세와 허풍은 즉석에서 망하는 길이라는 것을 알아야 한다. 당신이 신용이 충분히 좋은 사람일지라도 만약 당신의 중국인 파트너가 신용을 잘 지키지 않는 사람이라면 그 비즈니스는 성공하기 어렵다. 중국인들은 신용을 우선시한다. 그 때문에 신용을 잘 지키지 않는 중국인은 그 사회에서 인정받지 못하는 사람일 수밖에 없다. 만약에 당신의 파트너가 사소한 약속이라도 잘 지키지 않는다면 그동안의 기회비용을 포기하고 그와 관계를 끊어야 한다. 사업을 하려면 당신의 신용도 중요하지만, 상대방의 신용 역시 중요하기 때문이다. 성공하는 비즈니스의 백미는 신용이다. 그것은 세계 어디서나 마찬가지이다.

13

사람에 투자하라

앞에서 이야기하였듯이 나는 모든 것을 걸고 시작한 골프장을 중국 정부의 강압적인 규제로 졸지에 잃어버렸지만, 사람만큼은 잃지 않았다. 오히려 더욱 많은 사람이 다가와서 나에게 위로와 힘이 되어 주었다. 사업의 성공과 실패 그 자체를 떠나서 좋은 사람들과 함께 어울리며 사는 것이 인생의 큰 즐거움이 아닌가?

나의 삶은 언제나 새로운 것에 도전하는 삶이었고 지금도 나에게 세차게 몰아치는 급류를 헤치면서 또 다른 도전을 향해 나아가고 있다. 나에게 지금 중요한 것은 누구와 함께 가느냐 하는 것이다. 내가 어려울 때 나를 일으키고 세워줄 수 있는 힘은 내 주변의 사람이라고 생각해왔고 지금도 그렇게 생각하고 있다.

인간은 자기 혼자의 힘으로 살아갈 수 없다. 의식주를 포함해서 우리의 삶에 필요한 모든 것은 누군가의 도움이 있어야 해결이 된다. 우리의 인생도 마찬가지다. 나의 인맥이 바로 나의 팀이다. 활용 가능한 인맥으로 효과적인 팀을 만들고 인맥의 파워를 가다듬어서 강한 빌드업을 구축할 수 있다면 성공의 기회는 더욱 많아질 것이다. 반면에 인맥이 부실하고 빌드업 자체가 불완전하거나 균형이 맞지 않는다면 아무래도 성공의 기회를 잡기가 어려워진다.

모든 스포츠팀에서 한 사람이 공격과 수비를 모두 다 잘할 수 없듯이 인생에서도 내가 모든 것을 다 잘할 수는 없다. 내가 잘하지 못하는 것, 내가 생각하지 못하는 것, 잘하려고 해도 안 되는 것들은 나의 동료와 나의 인맥이 채워줄 것이다. 나는 내가 지금 잘하고 있는 것을 더 잘하려고 노력하면 된다. 이것이 인맥의 힘이다. 다양한 장점을 가진 인맥을 효과적으로 빌드업하고 조직력을 키워나간다면 나 혼자일 때보다 열 배, 스무 배, 백 배의 힘을 낼 수 있을 것이다.

돌이켜보면 나는 그래도 사람에게 많이 투자하면서 살아왔구나 하는 생각이 들 때가 많다. 내가 어려움에 처했을 때 그 사람들이 기꺼이 나에게 도움을 주었다. 때로는 아무것도 준 것이 없는 사람들한테도 뜻밖의 도움을 받기도 하였다. 사람에게 투자한다는 것은 그 사람과 좋은 인연을 맺기 위해 적극적으로 노력한다는 것이다. 그런 인연들이 쌓이고 엮여서 좋은 인맥이 되고 좋은 인생이 되는 것이다.

인맥이란 내가 얼마나 많은 사람을 알고 있느냐가 아니라, 얼마나 많은 사람이 나를 알고 있냐는 것이다. 그리고 내가 얼마나 많은 사람과 소통하느냐가 아니라, 얼마나 많은 사람이 나와 소통하길 원하느냐 하는 것이다. 그리고 인맥은 당신이 남을 얼마나 많이 활용하는가가 아니라, 얼마나 많은 사람이 나의 도움을 받고 있느냐 하는 것이다. 인맥은 얼마나 많은 사람이 나에게 좋은 말을 하느냐가 아니고, 얼마나 많은 사람이 뒤에서 나를 칭찬하느냐 하는 것이다. 그리고 결정적으로는 당신이 곤경에 처했을 때 얼마나 많은 사람이 당신을 기꺼이 도와주려 하는가이고, 당신 역시 다른 사람이 곤경에 처했을 적에 얼마나 기꺼이 도와주려 하는가이다.

중요한 것은 나만의 성공에 집착하지 않고 내 인맥의 성공을 위해 함께 노력하는 것이다. 무엇보다도 내 인맥의 구성원 한 명 한 명의 성공을 기원하고 축하해야 한다. 그들의 성공이 결국은 나의 성공으로 이어진다. 큰 나무 아래서는 여럿이 쉴 수 있고 비바람과 눈보라를 피하고 재충전할 시간을 확보할 수 있다. 시기심은 큰 나무를 갉아먹고, 마침내 자신까지 갉아먹는다.

성공하지 않은 동료와 인맥이라도 적극적으로 응원하라고 말하고 싶다. 그들의 삶이 지금은 비록 잠잠한 휴화산이지만 지금 그들은 뜨거운 응축의 시간을 가슴속으로 인내하고 있는지도 모른다. 삶은 잠잠한 순간에도 내부적으로는 끊임없이 요동치는 활화산이다. 누구나 살면서 수없이 많은 삶의 부침을 겪게 마련이다. 지금 휴화산처럼 보이지만 언젠가는 그들의 삶에도 대폭발의 시간이 온다. 당신의 격려가 그들 내부에 응축된 마그마를 자극해서 마침내 활화산으로 터져 오르게 할 것이다.

또 하나 내가 인맥과 관련해서 절대적으로 강조하고 싶은 것은 신뢰를 잃지 말라는 것이다. 좋은 인맥은 신용과 신뢰의 토대에서 성장한다. 인맥은 그 사람의 사회적 핏줄이다. 그 핏줄이 썩거나 막히면 사회적 사망에 이른다. 사람이 바이러스나 병균을 막지 못하면 병에 걸리고 위험에 빠진다. 인맥 역시 마찬가지다. 신용불량은 당신의 인생을 망치는 바이러스다. 인맥에 바이러스나 나쁜 병원균이 침투하지 못하도록 늘 깨끗하게 관리해야한다. 바이러스는 크기가 중요하지 않다. 작은 것, 사소한 약속이라도 지켜야 하고 자기가 한 말에 대해서는 반드시 책임을 져야 한다. 작은 일을 지키지 못하는 사람이 큰일을 잘할 수는 없다. 신용을 잃으면 인맥에서 도태가 되고, 그의 곁에는 그에게 기회를 줄 수 있는 사람은 모두 떠나버리고 아무도 남아 있지 않을 것이다.

비록 나의 25년을 온전히 투자한 중국의 골프장은 실패하였지만, 나의 인맥만큼은 실패하지 않았다. 그러기에 나는 다시 일어나서 새로운 도전을 시작할 수 있고, 그 도전을 함께할 새로운 인맥을 만들어 나갈 수 있다. 물론 나도 내 주변의 사람들에게 적지 않은 실수를 했고 그만큼의 대가를 치렀으며 지금도 그 실수에 대한 대가를 치르고 있다.

하지만 지난날의 대가만 치르고 앉아 있을 수는 없는 노릇이다. 나에겐 지나온 날만큼, 아니 그 이상으로 살아야 할 날들이 많다. 나는 지난날보다 더 진지하고 진실한 마음으로 사람에게 나의 모든 것을 투자하려고 한다. 나 혼자의 성공은 성공이 아니다. 나 혼자서는 성공할 수 없다. 같이 눈물을 흘리고 같이 웃고 같이 나누는 곳에 인생의 기쁨이 존재한다는 것을 이제 나는 더 잘 알게 되었다.

인맥은 내 몸의 일부와 마찬가지다. 내 인생은 '나'라는 자의식과 그걸 둘러싸고 있는 인맥을 함께 빚어 만들어지는 것이다. 앞으로 나는 나와 인생을 함께할 더 많은 사람들을 만나고 그들과 함께 도전할 것이고 그들이 내 인생의 큰 부분이 될 것이다.

14

최고의 순간은
아직 오지 않았다

새는 날아가면서 뒤돌아보지 않는다. 류시화 시인의
수필집 제목이다. 날아가는 새는 뒤돌아보지 않지만 긴 비행 뒤에
는 나뭇가지에 앉아 쉬는 시간을 갖는다. 20대의 나이에 중국 대
련에서부터 쉼 없이 날아온 내 인생을 잠시 접고 지나온 시간들을
되돌아본다. 지나간 삶을 후회하지 않는다. 하지만 가만히 생각해
보면 내 삶에는 무심코 놓쳐 버린 것들이 적지 않았고 그것들이
내 인생의 물줄기를 바꾸곤 했다는 것을 깨닫게 된다. 무심코 낭
비한 것은 언젠가 꼭 대가를 치르게 되는 것이 인생의 법칙이다.

트리거(Trigger)라는 단어가 있다. 사전적인 의미는 총의 방아쇠
를 말하는데 사회학적으로는 어떤 반응이나 사건을 유발하는
계기나 도화선을 일컫는 말이다. 심리학적으로는 어떤 행동의
방아쇠를 당기는 힘, 변화를 추구하려는 심적인 동기를 의미한
다. 아주 작은 손가락의 움직임이 총기라는 복잡한 기계를 작동

시켜 총탄을 목표물로 날아가게 만든다. 세상은 이제나 저제나 작은 트리거 하나로 발포가 되려는 온갖 총기와 화포로 가득 차 있다. 사소한 일, 사소한 사건, 사소한 말이 큰 비극을 낳고 때로는 생각하지도 않은 행운을 가져오기도 한다. 삶은 우연과 무작위로 가득 찬 드라마가 여러 곳에서 동시에 펼쳐지는 복잡하기 그지없는 다층 구조의 무대이다. 거기서 무슨 일이 벌어질지 아무도 모른다. 작은 사건, 무심코 지나쳐버린 것들이 어떤 방향으로 인생을 작동시키는 트리거가 될 수 있다.

나의 인생에도 그럴듯한 사건이 있다. 어느 날 축구를 하다가 다리를 심하게 다쳐서 축구를 못 하게 된 적이 있었다. 그 사고로 말미암아 나는 심하게 뛰지 않아도 되는 골프에 몰두하게 되었고 그것이 골프장사업으로 이어졌다. 사소한 사건이 내 삶의 물줄기를 바꾼 것이다. 그리고 앞에서 누누이 이야기하였듯이 사소한 방심으로 법과 규정을 미처 챙기지 못한 불찰로 말미암아 중국 정부의 압력을 받아 골프장을 접어야 했다.

그리고 나는 주변의 한국인에게 소홀했다. 나는 중국에서 중국인들에게는 정말 진솔한 태도와 마음을 가지려고 노력했지만, 중국에서 만난 한국인들에게는 그렇지 않았다. 늘 나는 중국에서 어려움을 겪는 한국인들을 돕는 시혜자의 입장에 있다 보니 한국인은 내게 도움이 되는 대상이 아니라 나한테 도움을 요청하는 사람이라는 생각을 은연중에 가지고 있었다.

그러다 보니 한국인과는 폭넓은 교류를 하지 못하였고 중국 내에서 진심을 나눌 수 있는 한국인 친구는 손꼽을 정도밖에 없었다. 물론 내 사업과 연관이 되어 나와의 관계를 비교적 오래 유지한 한국인들도 꽤 있었지만, 한국으로 돌아온 지금까지 내게 남아있는 진실한 친구들이 그리 많지 않다는 것이 나의 솔직한 고백이다.

근본적인 문제는 나의 교만이다. 당시는 내가 그렇게 교만한 줄 몰랐다. 나는 늘 우월감에 사로잡혀 있었고 당시 나로서는 한국사람들에게서 받을 만한 도움이 없다고 생각했고 그러다 보니 한국인에게 신경을 쓰지 않은 것이 사실이었다. 돌이켜보면 그 점이 매우 안타깝다. 다시 돌아갈 수만 있다면 나는 누구에게나 나를 낮추고 진심의 마음으로 대하고 싶다. 그러나 이미 지나가

버린 세월을 되돌릴 수는 없는 일이다. 잘나갈 때 더 겸손하고 더 나를 낮출 수 있었다면 지금 이런 허망함과 자괴감은 없었을 것이다. 한국으로 돌아온 지금 나에겐 남은 것은 쓸쓸함이다. 겉으로 표를 내지 않으려고 노력하지만 내 마음은 고독하고 쓸쓸하고 불안하다. 황량한 벌판에 나 홀로 스산한 바람을 맞고 서 있는 기분이다.

그래도 가야 한다. 사람에게는 오늘 당장은 고난의 시간을 보내고 있더라도 내일을 희망하는 고결한 정신이 있고. 아무리 어려운 상황이라도 희망의 끈을 놓지 않는 인내의 힘이 있다. 모퉁이를 돌면 좋은 일이 생길 거라는 기대를 마음에 품고 있다. 나는 잠시 좌절에 빠져도 또다시 신발 끈을 동여매고 황량한 벌판에 휘몰아치는 바람 속으로 뚜벅뚜벅 걸어 나갈 것이다. 아직 살아갈 날이 너무 많고 아직 해야 할 일들이 너무 많다. 내게는 지금까지보다 더욱 소중할 순간들이 나를 기다리고 있다.

"만약 어떤 일이나 목표에 대한 당신의 동기가 대충 유야무야일 때는 그 일을 포기하라. 대신 당신이 대단한 열의를 가지고 임할 수 있는 다른 일을 찾는 편이 낫다."

최선을 다해 도전한다면 꼴찌도 최고일 수 있다. 할 수 있다면 어느 순간 자신의 인생을 걸고 최선을 다해 도전해야 한다. 그 순간이야말로 인생에 있어 가장 값진 최고의 순간이다. 지나간 봉우리는 기억 속에서만 존재한다. 지금 오르고 있는 봉우리가 나에게 최고로 높은 봉우리다.

잔잔한 바다는 훌륭한 항해사를 만들지 않는다는 영국 속담이 있다. 사람은 시련과 실패를 통해 성장한다. 인생이란 비바람이 지나가기를 기다리는 것이 아니라 그 빗속에서 춤을 추는 법을 배우는 것이라고 누군가가 말을 했다. 아프리카 여성으로는 처음으로 노벨평화상을 수상한 왕가리 무타 마타이는 "우리 중 누구도 우리가 처한 상황 전부를 마음대로 조종할 수는 없다. 우리가 마음대로 할 수 있는 것이라곤 상황이 내게 불리하게 돌아갈 때 그것에 대응하는 방식을 선택하는 것뿐이다. 나는 언제는 실패를, 나를 성장시키고 계속 전진하게 만드는 도전으로 받아들였다. 좌절은 우리가 걸어가는 긴긴 인생길에서 마주치는 하나의 고비일 뿐이며, 거기에 머무르다가는 우리의 여정이 지연될 뿐이다. 어떤 분야에서든지 성공한 사람은 모두 여러 번씩 넘어져 본 사람들이다. 그러나 그들은 언제나 스스로를 일으켜 세워 다시 전진했고, 그것이야말로 내가 추구하는 삶의 방식이다"라고 실패와 도전이 인생에 주는 의미를 이야기했다.

고통과 시련은 용광로 속에서 녹이고 끓이고 두드리는 과정을 통해 더욱더 단단하게 제련되어 찬란한 결정체로 나올 것이다. 시련은 마음이 약한 자를 비굴하게 만들기도 하지만, 마음이 강한 자를 탁월한 인간으로 만들기도 한다. 운명은 인간을 시련의 도가니에 던져놓고 물끄러미 바라본다. 그리고 그 시련을 통과한 사람에게는 고통이 승화되어 밝게 빛나는 보석을 선물한다. 만약 내가 지금 시련과 고통 속에 처해 있다면 나는 좌절하지 않고 저 너머에서 최고의 순간이 나를 기다리고 있다고 확신한다. 지난 시절, 시련은 나를 단련시키는 삶의 운동장이었다. 나는 시련을 두려워하지 않고 도전을 했고, 시련을 통해 성장했다. 앞으로도 나의 도전은 멈추지 않을 것이다.

내가 살아오면서 만난, 한때 최고에 올랐던 사람들을 기억한다. 그 자리에서 멈추고 은퇴의 길을 택한 사람도 있고, 일순간 나락으로 떨어진 사람도 있으며, 잊힌 사람도 있고, 다른 방향으로 진로를 변경하면서 계속 새로운 도전을 하는 사람도 있다. 나역시 또 하나의 새로운 방향을 선택해야 하는 순간이다. 나는 50대 중반을 넘어서서 인생 후반전을 바라보고 있다. 예전 같으면 은퇴를 하고 손주를 보면서 여생을 보낼 준비를 해야 하는 나이지만 근래 들어 비약적인 문명과 의학의 발달에 힘입어 100세 수명 사회가 된 지금은 앞으로 30년은 더 일해야 한다. 이제 막

학교를 졸업하고 사회에 뛰어들어야 하는 20대 젊은이나 이제 은퇴를 하고 제막의 인생을 살아야 하는 사람들이나 새로운 삶에 도전한다는 의미에서는 처지가 비슷하다.

나는 지금 이십오 년 전에 막 중국으로 건너가던 나와 같은 출발선에 서 있는지도 모른다. 나는 그때의 나와 선의의 경쟁을 시작하려고 한다. 지금의 내가 그때의 나보다 더 열정적이고 패기가 많을지에 대해서는 솔직히 자신이 없다. 그러나 한 가지 확실한 건 지금의 나는 그때의 나보다 더 단단하게 단련이 되어 있다는 사실이다. 내가 늘 위험을 무릅쓰고 새로운 목표에 도전하는 것은 그 도전 자체가 나에게 말할 수 없는 기쁨을 주기 때문이다. 이것이 바로 내가 살아가는 이유이고 이것은 어느 누구도 나를 대신할 수 없다.

돌이켜 보면 내 인생의 전반전인 중국에서의 삶은 성취와 보람과 도전과 시련이라는 거친 파도에 휩쓸린 격랑의 시간이었다. 나는 이제 한국에서 3년이라는 예열을 마치고 본격적으로 인생 후반전을 뛰려고 한다. 내가 중국에서 도전과 실패를 두려워하지 않았듯이 나는 한국에서도 과감하게 도전할 것이다. 아직 나에게는 경험과 인맥의 배가 열두 척이나 남아 있다. 나는 나만의 영광, 나만의 성취가 아니라 인생의 친구들과 함께 아직 오지 않은 최고의 순간을 향해 길을 떠나려 한다.